U0465073

丝女纪事

〔日〕芥川龙之介 著

烧野 译

中国出版集团 现代出版社

目录

道祖问答

天王寺别当[1]、道命[2]阿阇梨[3]悄悄从被褥中爬出来，膝行到经卷桌前，就着灯火展开法华经第八卷。丁字形的小灯台上结成一朵花似的火苗，明亮地映照着镶有螺钿的经卷桌。耳边传来的呼吸声，大约是来自睡在帷帐对面的和泉式部[4]。春夜的曹司越发沉寂下去，就连老鼠的叫声也听不见。阿阇梨在白锦镶边的蒲团上坐好，用不会吵醒式部的不高不低的声音，诵起法华经来。

这是他多年来的一个习惯。身为傅大纳言藤原道纲之子、天台座主慈惠大僧正之徒，却不修三业不持五戒，甚至过着

---

① 日本佛寺内的职位名称，为掌管一山寺务的长官。

② 即藤原道命，平安时代歌人，三十六歌仙之一。

③ 阿阇（shé）梨，佛教尊称。意译为轨范师，能教授弟子，使之行为端正合宜，而自身又堪为弟子楷模之师，故又称导师。

④ 和泉式部（987—1048），日本平安时期女歌人，与本文的道命阿阇梨共同位列日本古代三十六歌仙，与清少纳言、紫式部并称平安时代的“王朝文学三才媛”。式部是日本古代宫廷女官名。

“天下第一好色”的Dandy（颓废）阶级生活。但令人惊异的是，在这种生活的间隙，他一定会诵读法华经，自己却完全不觉得矛盾。今日自然也不是以修验者的身份造访和泉式部，不过是作为她众多情人中的一位，偷偷前来与之共度春宵的。在第一声鸡叫还未响起的时候，他口中还残留着酒味的，却还是爬起来诵读起宣扬“一切众生皆成佛道”的妙经……

阿阇梨正了正偏衫[①]的领口，专心致志地读着。

不知过了多久，忽然，小灯台的火光渐渐暗了下去。火焰的尖端渐渐发青，光芒也逐渐减弱。丁字形的灯台四周，煤烟一般的黑暗蔓延开来，火苗也逐渐变得细如丝线。阿阇梨见状特意挑了几次灯芯，还是无济于事。他收回手，忽然注意到，随着灯火不断变暗，灯台对面的一处空气，逐渐凝聚成了一个人形的影子。

“是谁？”他停止诵读，问道。

“抱歉，我是住在五条西洞院附近的老翁。”那个影子发出朦胧的回应。

阿阇梨的身子稍稍后仰，凝神仔细观察起这个老翁来。那老翁身着白色水干[②]，衣袖合拢，像煞有介事地坐在经卷桌对面。模模糊糊地只见他乌帽带结长长垂下，也不像是狐狸所化。尤其是所持的那把黄纸扇，纵使在昏暗灯光之下也看得出是上品。

① 一种从古代天竺传入中国后，随中国观念而改成的僧尼服饰。

② 日本古代朝臣礼服，猎衣的一种，最早是平民的日常着装。

“老翁？是哪里的老翁？”

“噢噢，光说老翁您确实无从知晓，我实乃五条大街的道祖神[①]。”

“那么道祖神你是为何而来啊？”

“闻您诵经，不胜欢欣，必要前来道谢。”

“道命我诵读法华经是常事，并非仅仅今夜一次。”

“那么，”道祖神欲言又止，慵懒地歪了歪满是稀疏黄发的头，仍然用宛如呢喃的轻声细语说道：“您身心清净诵经之时，上自梵天帝释，下至恒河沙数之诸佛菩萨，皆来近观倾听。翁苦于卑贱之躯，便无法靠近。不过今夜——”

道祖神的语气突然变得讽刺起来：

“今夜您亲近女色，未尝净身便诵读，诸佛神皆忌讳，便未曾前来。如此一来我才能安心拜谢闻经之礼。”

“什么！”阿阇梨颇为震怒，大声喝道。

可道祖神仍不为所动：“惠心大师曾经也告诫过，切勿破念佛诵经四威仪。我的幸运未尝不意味着您将堕狱之恶趣[②]。往后……”

“闭嘴！”阿阇梨捻着手腕上的水晶念珠，锐利的目光瞥向老翁，“道命我虽不才，可也遍观经文论释，诸般戒行德目

---

① 日本供奉于村口、关隘、路边抵御外来疾病和恶灵的神。

② 又作恶道。为“善趣”之对称。趣，为往到之义。即由恶业所感，而应趣往之处所。

更是未曾落下。你以为我没有注意过你所说的这些吗？”

道祖神没有回答，只是蹲在小灯台的阴影里，静静地低着头，似乎在全神贯注地听阿阇梨的话。

“你听好。所谓‘生死即涅槃，烦恼即菩提’，都意味着遍观自身之佛性。此肉身即三身和一之本觉如来；烦恼业苦之三道，即法身般若外脱之三德；娑婆世界，即常寂光土；我道命虽是无戒比丘，却已通晓三观三谛即一心的醍醐之味。因此，和泉式部在我道命眼中即摩耶夫人。男女交合实乃万善功德。我所卧之处，便是久远本地之诸法，无作法身之诸佛悉数现身之所。道命住所乃是灵鹫宝土，并非尔等小乘持戒粪臭之徒能妄自涉足之所。”

语毕，阿阇梨一甩念珠，片刻不容地斥骂道：

“业障！速速退去！”

于是乎那老翁打开黄纸扇掩住面孔，渐渐隐去身影，同那宛如萤火的灯光一同消失了。远处，第一声鸡鸣清亮地响彻开来。

正是到了所谓“春日曙最佳，渐染天际白”[①]之时。

（大正五年十二月十三日）

---

① 原文出自《枕草子·春曙抄》，北村季吟作。

二

俊宽

俊宽[1]有云：神明之外，唯我等一念而已。唯有修行佛法，方能超脱生死之外……

——《源平盛衰记》

（俊宽）思虑深沉，缠绵不绝："未尝痴望，共览海岬，苫棚柴庵，且送吾友归。"

——同上

一

您是说俊宽大人的故事吗？这世上大概再没有比俊宽大人

① 俊宽（？—1179），权大纳言源雅俊之孙，真言宗僧人，法胜寺执行。作为后白河法皇的院近臣而活跃，因为讨伐平氏密谋提供议事场所，与藤原成亲等一起被捕，流放鬼界岛。后朝廷虽有大赦，唯独其未得赦免，亡于该地。

的故事更离谱的误传了。不，要说被误传人，还真的不只俊宽大人，就连我——有王的经历，也是被毫无根据地四处编排。最近这段时间不就有琵琶法师[①]说嘛，俊宽大人是仰天悲叹之后，一头撞在岩石上发狂而死的。而我，有王就在那之后背着大人的遗体，投水自尽了。还有个琵琶法师，说俊宽大人和那岛上的一名女子结为夫妻，生了好多好多孩子，过上了比在京都更安乐的日子，说得跟真的一样。不过光是看到我还活生生地在这里，就能知道前者完全是在信口胡诌，而后者说的也是不着边际的胡扯罢了。

说到底，这些所谓琵琶法师，就是一群拼命把瞎话往你脸上糊的人罢了。不过，他们胡诌技巧之娴熟，还是非常值得赞赏的。一听他们讲到和一群孩子在竹编小屋里玩耍的俊宽大人，我就会情不自禁地微笑起来；一听到他们讲到那个涛声震天的月夜发狂而死的俊宽大人，我也会不自觉落下泪来。就算这些都是琵琶法师编造的谎言，它们也会像包裹在琥珀里的虫子，代代流传下去吧！如此看来，如果我不尽快讲出俊宽大人的故事，总有一天琵琶法师编的谎话就会成为事实了——您是这样说的吧？也确实如此呢。所幸我要讲的故事和黑夜一样漫

---

① 以弹唱琵琶传唱经文、传奇为生的盲僧群体。专门弹唱《平家物语》的琵琶法师被称为平家琵琶。

长，就从我千里迢迢前往鬼界岛[1]寻找俊宽大人开始讲起吧，不过我讲得肯定不如琵琶法师精彩，唯一的优点，大概便是要讲的都来自我亲眼所见，绝没有一丝添油加醋吧。那么我的故事就要开始了，如果让您觉得无聊，但请见谅。

---

① 位于日本九州岛南部的孤岛，在平安时代属于萨摩国辖下。相传因岛上有火山口，硫黄遍地。

二

治承三年五月末，阴云密布，刚过正午，我在鬼界岛靠岸。按照琵琶法师的说法，我是在日暮时分才终于找到俊宽大人的。而且那时的俊宽大人正歪倒在空无一人的海边、灰色的浪花不断拍打着的寂寥的沙滩上。而大人的样子呢——是的，按照普遍的说法是："看似孩童、又似老朽，剃度顶上，多生白发。满身尘埃藻屑，无心拂拭。细颈而鼓腹，皮肤青黑，肢端萎缩，已是似人非人。"不过这些都是编造。所谓脖子尤其细、肚子鼓胀，不过是由地狱变画卷产生的联想，又因为"鬼界岛"这个名字，套上了饿鬼的形象吧。当时俊宽大人确实长出了头发，皮肤也晒黑了，但容貌和从前并没什么两样——不，也不能说丝毫未变，大人的体格变得比之前更加壮硕可靠了。大人正独自踩着潮水漫上来的边线走过来，海风轻轻吹起他的法衣衣袂……仔细一看，他手中还提着一串用竹枝串起来的小鱼。

“僧都尊者！您没事真是太好了！是我呀！有王来看您啦！”

“噢噢！是有王啊！”

俊宽大人看到我，很是惊讶。不过那时候我已经冲到主人面前，抱住他的双腿，喜极而泣了。

“有王你来得好哇！我还以为今生再也见不到你啦。”大人亲手将我扶起，几乎也要落下泪来，亲切地安慰我道，“别哭啦，别哭啦，好不容易再见面，这是佛菩萨慈悲啊！”

“是，小的不哭了，尊者您、您的住所就在这附近吗？”

“我的住所？就在那座山北面。”俊宽大人手里还提着鱼，指向附近的一处礁石小丘，“虽说是住所，可不是那种桧皮葺顶的宅子呀。”

“是，小的知道，毕竟是在这种偏远的小岛上——”

我强忍泪水和主人说着话，而主人温柔的微笑一如往昔，一派轻松地要给我带路：

“不过这住处不赖呀，睡觉的地方你也一定会喜欢的，来，跟我去瞧瞧吧。”

我们沿着海边走，耳中只有涛声在不断喧嚣着。片刻之后，一座萧条的小渔村出现了。村中发白的小路两旁种着榕树，垂到地上的枝丫上，肥厚的叶片闪着光。而岛上土人的竹制房屋，就修在榕树的枝丫之间。直到看到这些房屋里透出的红彤彤的炉火和零星的人影，我才感觉自己已经到了有人烟的村里，一股安心感油然而生。

给我带路的同时，主人还不时回头给我解释，比如这家住的是一户琉球人，那处栅栏是猪圈，等等。不过比起这些最令人高兴的是，那些连乌帽子都不戴的土人男女，只要一看到俊宽大人，必会鞠躬，就连那个在自家门口追着鸡玩耍的小姑娘，不也是在跟大人行礼吗？我当然高兴得不行，但也觉得不可思议，于是悄悄问主人个中原委。

“据成经[①]大人和康赖[②]大人所说，这座岛上的土人都像鬼一样没有人情味。可是——”

“原来如此，京都人会这样想也是难免的。不过我们现在虽然被流放了，但从前也是所谓京城人，边地人要对京城人鞠躬行礼，是天经地义的。无论是业平的朝臣，还是实方的朝臣，都不过大同小异。如果那些京城人和我一样被流放到东国或是陆奥，他们甚至可能会当作一次愉快的旅行呢。”

“但不是有这样的传言吗？实方的朝臣在归隐后因为太过思念京城，最后化作一只台盘所的麻雀。”

“散布这种传言的，肯定和你一样都是京城人。也只有京

---

① 藤原成经，经后白河法皇授意谋划推翻平清盛一门的鹿谷密谋事件主谋藤原成亲之子。

② 平康赖，同成经、俊宽都牵涉鹿谷密谋之中，被一同流放鬼界岛。

城的人坚信鬼界岛的土人生得像鬼。只要你亲眼看看，就知道并不是他们说的这回事了。”

这时，又遇到一个抱着孩子的女人，站在榕树的树荫下对主人鞠躬行礼。望着那个黄昏之中身着红布单衣的身影，主人温柔地施以回礼，并小声对我解释道：

“那是少将[①]的夫人。”

我登时大吃一惊。

“夫人……这么说成经大人已经和那样的女子结为夫妇了吗？”

“怀中抱着的正是少将的血脉。”俊宽大人微微一笑，对我点了点头。

“原来如此，这么一看，确实是一位和这穷乡僻壤不相符的美人呢。”

“美人？那么怎样才算是美人呢？”

“嗯，要我说的话，肯定是要双眼纤长，两颊丰满，鼻子还不能太高……这种比较端庄贵气的长相吧——”

“这果然也是京城人的喜好。这座岛上尊崇的美人，必是要有一双大眼，两颊瘦削分明，鼻梁需得比一般人高，五官紧凑，让人一看就很清爽。所以刚刚的女子，在这里并不

① 指藤原成经。

是美人。”

我不禁笑出了声。

“果然这些土人可怜得很，连美丑都分不清。这么说来他们看了京城的诸位贵妇人，还要嘲笑人家丑呢。”

“不，并不是这座岛上的土人不懂美丑，只是他们的喜好和我们不同罢了。可这喜好也并不是万年不变的。比如说各处宝刹伽蓝的佛陀宝相吧。三界六道之教主、十方最胜、光明无量、三学无碍、亿亿众生引导之能化、南无大慈大悲释迦牟尼如来，足有三十二相八十种化身，世代各异，变化万千。佛陀尚且如此，所谓美人的标准，也肯定会随着时代发展而变化。五百年后，一千年后，恐怕京城的审美也会变化，到时候岂止这岛上的女子，估计南蛮北狄女子的那种可怕面孔，都会成为京城的新时尚吧！

“这太夸张了吧！不论时代如何变迁，我国也总会保留我国独有的风韵。”

“所谓我国独有的风韵，也是要搭配时机和场合的。正如现今京城的贵族仕女的样貌，就像在临摹唐朝的佛像。这不就证明了，京城人当下的喜好就是曾经唐朝人的喜好吗？说不定几代之后，人们会疯狂推崇绿眼睛的胡女长相呢。”

主人从前就是这样教导我的，听到这里我不禁微笑起来。大人不只是容貌未曾改变，性格也一如从前——这个想法浮现在我的脑海，正如遥远的京城每日传入我耳中的钟声一般。不过主人还是不紧不慢地往榕树的树荫里走，一边继续说着：

“有王，你知道我来到这座岛之后最高兴的是什么吗？那就是终于不用天天听我那个唠叨的夫人在我耳边抱怨啦。”

三

是夜，承蒙主人赐饭，主人邀我在灯下共食，礼数本是万万失不得的，可主人盛情难却，再加上当时有一名兔唇童子在一旁侍奉，我便僭越入席了。

主人的住所外围用竹子搭出了廊檐，俨然已是一座僧庵。廊檐上垂着竹帘，院中竹林茂盛非凡，就连山茶油灯的火光也透不出去。大人的房间里，除了一只皮箱，还有一个橱柜、一张桌子。皮箱是大人从京城带过来的，而橱柜和桌子都是岛上的土人送的。看上去虽有些粗糙，但据说是叫作琉球赤木的木工手艺。橱柜上有一尊金光璀璨的阿弥陀佛像，和经书供在一处。听主人说是康赖大人返回京城时留给他的纪念。

主人高兴地坐在圆垫上，用各种各样的美食款待我。当然，无论是酱油还是醋，这些调味料味道都没有京城的好。不过这些菜品真是稀奇——汤羹、生鱼丝、炖菜、水果，没一样是我能叫出名字的。主人见我愣在那里却不动筷，便来了兴致，微笑道：

“这汤羹味道如何？是拿这座岛上一种叫作臭梧桐的特产煮的。这鱼你也尝尝，这可是有名的永良部鳗。还有那个盘子里的白地鸟——对对，就是那盘烤肉。这些可都是京城见不到的东西呀。白地鸟蓝背白肚，长得像鹳鸟，岛上的土人常常抓来吃肉，说是可以祛除湿气。这种山药可比想象中好吃得多，你问叫什么？叫琉球山药。梶王他们每天顿顿把它当饭吃呢。”

梶王就是刚刚说到的那名兔唇童子的名字。

“你多吃点菜呀，尽管下筷子好啦。光喝粥就能超脱轮回之苦，不过是普遍存在于僧人之中的谬见罢了。世尊[①]成佛之时，不也是受了牧牛女难陀和婆罗的乳糜供养吗？如果当时的世尊腹中空空便坐在毕波罗树下，第六天魔王波旬便会用六牙象王的味增酱菜、天龙八部的酒糟腌鱼这些天竺的珍馐美味来诱惑他，而不会派去三名魔女。饱暖思淫欲，本是我等凡夫俗子的陋习，在饱食乳糜的世尊面前用这个手段，波旬也算是颇有奇谋的才子了。不过他浅薄的地方就在于，他偏偏忘记了给世尊奉上乳糜的正是女子，牧牛女难陀和婆罗为世尊奉上乳

① 指释迦牟尼佛。

糜——这件事对于世尊成佛的意义远比此前在雪山中六年的苦修来得重要。'取彼乳糜如意饱食、悉皆净尽。'——足有七卷之多的《佛本行经》有很多类似的记述——'而时菩萨食糜已，讫从座而起。安庠渐渐向菩提树。'怎么样，'安庠渐渐向菩提树'。看过女人，吃足乳糜，那端庄威严又不失微妙的世尊之姿，有否现身在你眼前？"

俊宽大人愉快地吃完了晚饭。接着便把圆垫移到了凉爽的竹廊下，催促我道：

"那么，如今填饱了肚子，就给我讲讲京城都有什么消息吧。"

听到这里我不由得低下了头。本已下定决心想要说出来，可真到了这一刻还是有些许畏缩。可主人却毫不在意地扇着芭蕉扇，又催促我道：

"怎么，夫人还是那么唠叨抱怨个不停吗？"

我没敢抬起头来，不得已开始讲起主人离开后发生的所有变故。主人被抓走之后，主人身边的近臣便一哄而散，主人在京极的宅邸、在鹿谷的山庄，都被平家的武士占领了。去年冬天，夫人薨逝，少主也患上天花不治而亡，随夫人而去。如今主人亲眷之中，只剩下小姐一人，目下寄居在奈良的姑母家，避人耳目——说着说着，灯火在我的眼中变得模糊，门口垂下的竹帘、橱柜上的佛像，都开始变得不真切起来——讲到一半，我终于忍不住当场哭了起来。主人始终沉默，侧耳倾听着。只是听我讲到小姐的时候，突然担心地撑膝倾身问道：

“女儿可还好？在姑母家住得还习惯吗？”

“是，想必相处得很和睦。”

我一边哭着，一边将小姐的亲笔信呈给俊宽大人。坐船前来鬼界岛，通过门司和赤间的关卡时，都要经过烦琐的搜查，所以这封信被我藏在了发髻里。主人赶紧在灯光下展开那封信小声地读了起来：

> ……白云苍狗之世间，无知如我，只得终日惶惶。……然边岛流放者三人……何故唯父亲不得归还？……京中草木几度枯荣……目下幸得伯母应允，暂居奈良。……虽不致潦倒，稍加推想却知出入起居之尴尬。……三年弃身之坚忍，女儿如何不知。……唯盼父亲速速归来，朝思暮想，心心念念。……女儿敬具……

读罢，俊宽大人将信放到一边，默默地抱着双臂，发出一声长长的叹息。

“女儿今年应该也有十二岁了。——我虽对京城已毫无眷恋，但还是希望能够见女儿最后一面。”

主人的悲伤就是我的悲伤，听到这里我仍是忍不住流泪。

“但终究是见不到了——别哭哇，有王。唉，也好。想哭便哭吧。然而这娑婆世界的悲哀，总是哭也哭不尽的啊。”主人缓缓将身子靠在后方的黑木柱子上，露出凄凉的微笑。

“夫人和我儿，都已辞世。今生今世想再见女儿一面恐怕也难。宅邸山庄也不再属于我。我将在这座远离人世的小岛孤独终老。——如今的我就是这么不堪。但并不是只有我在经受这些苦难。我所受之苦，乃区区一人之苦，如何能与众生苦之大海混为一谈，此乃增上慢[①]，未证苦而先言苦，是佛门弟子不该有的。所谓‘增上骄慢，尚非世俗白衣所宜’。夸大苦难，即造邪业。抛去私心观之，和我一样正饱受煎熬的人多过恒河沙数。不，此生但入人间道，纵未曾被放逐孤岛，人们还是会不停地悲叹自己的孤独。身为豪门村上的七王子、二品中务亲王、六代后胤、仁和寺法印宽雅之子、京极源大纳言雅俊卿之孙只有我俊宽一人，可全天下被流放的俊宽，又何止成千上万、十万百亿呢……”

俊宽大人这样说着，眼神游离向别处，脸上忽而恢复了神采。

“若有盲人在一条、二条大路的路口附近徘徊，大家都会

---

① 七慢（慢、过慢、慢过慢、我慢、增上慢、卑慢、邪慢）中的第五。指自以为证果开悟等而起慢心。

对他报以怜悯和同情。然而，放眼望去，这偌大的京城内外，到处是数不尽的盲人——有王啊，你怎么看？如果是我，肯定头一个笑出声来。我被流放也是一个道理。只要一想到，十方遍境的俊宽都以为只有自己被流放，哀怨哭叫个不停，真的是眼泪都能笑出来。有王，我们既已知三界一心，那么最要紧的就是要学会发笑。要想学会发笑，必要先摒弃增上慢。世尊出世，就是来教导我等众生学会发笑的。大般涅槃的那一刻，摩诃迦叶[①]不是也笑了吗？”

说到这里，我脸上的泪水不知什么时候已经干了。主人的目光正越过竹帘，注视着遥远的星空，就像什么都没发生过一般说道：

“等你回到京城，就告诉小姐，与其整日悲叹，不如学会发笑。”

“我不回京城。”

泪水再一次灌满了我的眼睛。只是这一次的泪水，来自我被主人刚才所言激起的愤恨。

“我还要像在京城时那样，继续在您身边侍奉。我抛下年迈的老母，也没告诉兄弟们实情，大老远地渡海而来，不就是为这吗？我看起来真像您说的那么惜命吗？我看起来就那么忘

① 摩诃迦叶是佛陀十大弟子之一，佛陀涅槃之时亲选的佛法继承者。文中提到的即“世尊在灵山会上，拈花示众，是时众皆默然，唯迦叶尊者破颜微笑”的典故。

恩负义、没有人情味吗？我就那么——”

“我只是没看出来你这么傻。”主人又像之前一样咧开嘴笑了。

“你要是留在岛上，谁负责为我通传小姐的平安呢？我一个人没什么不方便的，更何况还有梶王在——我这么说你可不要嫉妒哇，他不过是个无依无靠的孤儿罢了，也是一个被流放的小小俊宽。只要有船来，你就赶快乘上回京吧。今晚我就给你讲一讲我在岛上的经历，就当作我托你给公主带去的伴手礼。你怎么又哭了？那好，那好，你边哭边听吧。我可就自己高高兴兴地开讲喽。”

俊宽大人一派悠然地扇着芭蕉扇，开始讲起岛上的生活来。开始有小虫子被火光吸引，飞上挂在门廊上的竹帘，可以听到它们细微的振翅声。我仍旧低着头，只等主人开口。

四

“治承元年七月，我被流放到这座岛上。我一次都没和成亲[①]大人商讨过什么天下大计，可被关在西八条一段时间之后，突然就被流放到这座岛上。一开始我也是愁得吃不下饭。”

“但是听京城的人说……”我一时语噎，“说僧都尊者您，您也是叛乱的主谋之一——”

“这么想也是无可厚非。据说成亲大人的确曾把我算进去——不过我确实未曾参与。这天下是净海入道[②]的更好，还是成亲大人的更好，这些我都不懂。只不过比起净海入道，成

① 藤原成亲，文中成经的父亲。推翻平清盛一党计划失败后，被流放中国。后在流放地坠崖而亡，相传系被平清盛谋杀。

② 即平清盛出家后的法号。平清盛，平安时代末期权臣，日本历史上首个军事独裁者，也是武家政权的鼻祖，世称平相国。后文的“高平太”是平清盛年轻时的诨名，意为穿着高底木屐的平家长公子。

亲大人生性多疑，似乎并不适合主持国家大事。我只是说过，所谓平家的天下，还是没有的好。源平藤橘，无论哪家的天下，都还是没有的好。看看这座岛上的土人就知道了，无论是平家掌权还是源氏掌权，吃的还是那些山药，生的还是那些孩子。天下的臣子都觉得，没了自己国家就会不复存在，这不过是臣子的自以为是罢了。”

“若是这天下成了僧都尊者您的天下，就不会有任何缺憾啦。”

我在俊宽大人的眼中看到了正在微笑的自己，俊宽大人自己也像我一样，脸上浮现出微笑。

“那会和成亲大人的天下一样，也会比平家的天下坏上许多。因为我俊宽要比净海入道更通透，通透的人便不会痴迷政治，不是吗？可通透的人从不分辨是非曲直，只会永远沉湎于无边无际的虚无之中。——而这一点正是高平太不会犯的错误。若是小松内府[①]料理天下大事，仅凭其聪明头脑，也要远远逊色于净海入道。小松内府始终疾病缠身，若为平家满门着想，其实他早死了也好。所以，若让和净海入道一样，未曾脱离食色二性的我来掌管天下的话，也不会给众生带来任何好处。说到底，若想使人界成为净土，仍要等待我佛降临。——我就是

① 即平清盛的长子平重盛。因住在六波罗小松第，所以又被称为小松公、小松内府殿。

一直抱着这样的想法，才从未起过觊觎天下的念头。”

“但是那段时间，您不是每晚都会去中御门高仓大纳言府上吗？”

我抬头看向俊宽大人，口气里有些责备他不谨慎的意思。那段时间主人确实看上去完全不在乎夫人的担忧，夜里很少回京极的府邸休息。然而主人的脸色丝毫未变，仍是坦然地扇着扇子继续说道：

“这就是凡夫俗子的浅薄之处了。那段时间大纳言府上有一个名叫鹤前的侍女，真可谓是天魔化身，我竟成了她的俘虏。我一生的不幸都是因这个女人而起，被夫人抽耳光也好，被夺去鹿谷山庄也好，最后被流放到这座岛上也好——但是有王，你该高兴才对，我就算痴迷于鹤前，也不会成为叛乱的主谋。从古至今，通过女子寻求开示的圣人并不少见。就连阿难尊者[①]也曾被操纵大幻术的摩登伽女[②]迷惑过，龙树菩萨[③]未出家前，也为了和王宫中的美人偷欢，修习隐身之术。然而曾是叛乱者的圣人，遍寻天竺、中国和我国，也找不出一个。找不到是有理由的，通过女子寻求开示，乃是释放五根之欲。而图谋叛乱，便要具备贪嗔痴三毒。圣人就算释放五根之欲，也

---

① 释迦牟尼佛的十大弟子之一，亦称阿难陀。

② 因阿难陀不嫌其首陀罗身份接受其清水供养而爱上他，故其母操纵妖术，引得阿难陀几乎破戒。后经佛陀点拨证得初果，出家为尼。

③ 大乘佛教中观学派之创始人。

不会让自己受到三毒之害。如此看来不得不说，我的智慧之光虽因五欲蒙上阴霾，却仍未消失——尽管如此，刚刚到岛上的那段时间，我确实每天都愁云惨雾。”

“想必十分难熬吧，饭食自不必说，穿衣也定是种种不便。”

“不，每逢春秋换季，少将都会从肥前国的鹿濑庄送衣食过来，每年两次。鹿濑庄属于少将的舅舅平教盛的领地。就这样差不多一年过去，我便熟悉了这座岛上的风土人情，不过仍未解开心结，说来也是一同流放过来的同伴的过错。那丹波少将成经整日里不是闷闷不乐就是在昏睡。”

“成经大人还年少，一想到父亲遭难，成日悲叹也是有的。”

“哪里，少将和我一样，根本不在乎天下会如何。对他来说，琵琶赏赏樱，给诸位贵妇写写情诗，才算是极乐。所以每次见到我，都会跟我抱怨他那谋反的父亲。”

“但是康赖大人一直和您很亲近啊。”

“这也是令我犯难的地方。康赖认为，只要他许愿，天地诸神佛菩萨都会满足他。也就是说在他眼里，神佛和商人没什么两样，只不过商人换的是钱，神佛卖的是冥福罢了。所以人们为之念诵祭文，供奉香火。这里的后山原本长着很多漂亮的松树，都被康赖砍了去，还以为他要做什么，原来他拿这些松木做了一千张舍利塔形状的灵牌，还在每一张上都写上一首和歌，并都抛进了海里。说真的，我从未见过像康赖这样功利的人。”

“但这也不算什么傻事吧。听说那一千张灵牌之中，有一张漂到了熊野，还有一张漂到了严岛。”

“一千张中总有一两张能回到日本国土罢了。如果真的相信神佛加护，仅一张入海足矣。可苦了康赖，在往海里抛灵牌的时候，还不忘时时考虑风向问题。就在他对着越漂越远的灵牌，口里念念有词着‘熊野三所[①]显灵！首先是日吉山王[②]、王子[③]一族，总之上自梵天帝释，下至监牢地神，尤其是内海外海龙神八部，但请垂怜加护！’的时候，我在一旁又加上：‘也请西风大明神、黑潮[④]显灵加护，谨此再拜。’”

“您这玩笑开得可真过分。”我也忍不住笑出声来。

“所以康赖生气极了。他勃然大怒的样子，看上去别说现世福报了，就连能否往生来世也难说了。——不过，之后发生的事就更让人为难了，因为少将不知从什么时候开始，也和康赖一起信起神明来。不过他们拜的不是熊野、王子或是由绪这些教宗[⑤]，而是这座岛的火山上镇邪祈福的岩神祠。——说到火山，你还没去过火山吧？”

---

① 又称熊野三山，是熊野本宫大社、熊野速玉大社、熊野那智大社三座神社的总称。
② 今滋贺县大津市的日吉神社。
③ 从京都到熊野神社去参拜的途中所有的分社和下院。
④ 日本神话中并无此二神，此处为俊宽的讽刺戏言。
⑤ 同上文熊野，皆指代日本年代久远的大神社。

“是，只是越过榕树树梢，远远可以看见淡红色的烟，还有光秃秃的山峰。”

“那明天和我一起登到山顶看看吧。在山顶上不仅可以看到这座岛的全貌，还能看到大海上的景色呢。说岩神祠说到一半——康赖还叫我也去参拜，我却一直没答应。”

“京城里的人都说，因为您没去拜谒，所以才会被留在岛上。”

“嗯，或许真是如此吧。”俊宽大人严肃地摇了摇头，“如果那位岩神真有神性，故意让他们二人回京，留我一人在岛上，如此做派，恐怕也是个祸津神[①]。还记得我刚刚跟你说的那个少将的妻子吗？她也去岩神祠整日整夜地祈祷少将不会离岛而去，可这祈祷一点效果都没有。所以这个岩神，实为连天魔都有过之而不及的气焰的恶棍。自世尊出世之日起，天魔便立誓行尽诸恶。如果那座神祠里供奉的不是岩神，而是天魔，少将定会在返回京城的途中，不是失足坠入海中，就是害上热病，总之就是死路一条。要想让少将和那位女子同归于尽，只有这么做才行。但是，这个岩神就如凡人一般，既不诸行善事，也不恶事做尽。不仅岩神是这样，奥州名取郡笠岛的道祖，本是京都加茂河原以西、一条大街以北、出云路道祖神的

① 日本神话中带来灾祸的神明统称。

女儿。可这位神明却在父神未把她许配给其他神时，擅自同京都的一个年轻商人约为夫妇，所以沦落到了奥州。这和凡夫俗子又有什么两样？那位实方中将，因为在经过神前时没有下马参拜，结果被马踩死了。这种神明和凡人如此接近，还未洗净五尘，那供奉起来便马虎不得。从这件事就能看出，只要是还没有脱离人性神明，就没有尊崇的必要。——不过这些都是小事。康赖和少将一心一意地坚持参拜岩神祠，还把岩神祠叫作熊野大社，把那里的海湾叫作和歌浦，山坡叫作芜坂，一一加之以雅号，就连所谓‘小儿狩鹿’，也不过是追着小狗来回跑罢了。只有‘音无瀑布’要比本尊更加壮观。”

“可京城里还是有传闻说，这里有祥瑞奇观降临。”

“其中一个祥瑞奇观是这样的。在他们二人于岩神祠结愿那天，正在诵经的时候，一阵狂风扫过山林，把两片山茶树树叶吹到两人面前。那叶片上有虫蛀的痕迹，一片看上去像‘归雁’，另一片看上去像‘二’，放到一起看就是‘二归雁’。——康赖自是乐不可支，第二天便将叶子拿给我看，的确那个‘二’字清晰可辨，但‘归雁’二字看上去就很牵强了。我实在觉得可笑，第二天从山里捡了很多山茶树叶回来。如果接着解读虫蛀的文字，可就不止‘二归雁’这种程度了。有的可以看成‘明日归洛’；有的可以看成‘清盛横死’；甚至还有‘康赖往生’。我想康赖知道了也会高兴，但——”

“但他一定气坏了吧？”

“康赖的气生得相当有水平。他的舞姿一向在京城无人能及，生起气来也要胜过很多人一筹。他参与叛乱，一定是嗔恚在作怪，也就是增上慢的业障。康赖一直认为，平家以高平太为首，全是恶人。而自己这边，以大纳言为尊，都是好人。这个想法就源自他的自以为是。而就像我刚刚说的，我等凡夫俗子，都和高平太是一样的。然而我也不知道是康赖的生气好些，还是少将的叹息好些。”

“二人之中只有成经大人在这里娶了妻子，想必需要操心的事情也不少吧。”

“不然他也是整日脸色铁青，净抱怨一些无聊的事。比如看到山谷里的山茶树，便说这座岛上没有樱花盛开；看到火山顶冒出的烟，便说这座岛上没有青山。无论眼前是什么东西，他总能列举对应出这里没有的东西。有一次，他和我去礁石山上采摘活血莲，忽然说：‘啊啊，我该如何是好，这里连加茂川的支流都没有。’我当时没有笑出声来，一定是家宅主神显灵，日吉大神加护。不过我还是犯了傻，说这里也没有福原狱，也没有平相国净海入道，可喜可贺，可喜可贺。”

“您说这样的话，就算是少将也会生气的吧。”

“不，生气才好呢。可是少将只是看着我，黯然神伤地摇了摇头说：‘您什么都不明白，真是幸福。’这还不如发火呢。

说实话——其实我自己那个时候也很消沉。要是我真的像少将所说的那样一无所知，或许压根就不会消沉了。但我还是知道的，知道自己曾和少将一样，对着流泪的自己顾影自怜。透过这些泪水看过去，我那死去的妻子或许也能成为一个美人呢。——想到这里，我突然同情起少将来。不过无论如何同情，好笑的事就是好笑的事不是吗？所以当时我虽然笑着，安慰他的话可都是认真的。那是少将第一次，也是最后一次对我发火。他一听我在安慰他，突然满脸惊恐地打断我：'别扯谎了！我宁愿被你笑话，也不愿被你安慰！'——很奇怪吧？所以我最后还是忍不住笑了出来。"

"那之后少将怎么样了？"

"有四五天的时间即使见面也连招呼都不打。不过这之后就还是一如既往，一见面就悲伤地摇摇头，说自己想回京城，但这里连牛车都过不来之类的话。是他比我幸福才对啊——不过，不管是少将还是康赖，有人在我身边总比没人的好。二人一回京城，在这里的每一天，又变得孤独起来。"

"据京城的传言说，您已经到了孤苦垂死的地步。"于是我尽可能详细地为主人复述了琵琶法师形容主人疯魔之态的原话：

"仰天长啸，以头抢地，悲愤难抑……紧握缆绳不放，直至海水漫过腰胁，眼看要没过头顶，无奈只好游回岸边，却仍旧高声喊着：'也带上我呀！让我也上船！'然而船头未曾掉转分毫，只留滔滔白浪……”[①]

主人兴致勃勃地听着，当我讲到他朝着离去的船挥手，直到船消失在海平线上，已经成为颇为著名的桥段时，主人坦然地点了点头：

“这倒是真的。我确实挥手挥了很久。”

“那便真如传言所说，像松浦佐用姬[②]一般依依惜别？”

“那可是和两年来一直共同生活在这座岛上的朋友道别啊，当然会舍不得啦。但挥手那么久，也不全是因为舍不得。——其实当时来通报船已靠岸的是个琉球人，他刚从海边飞奔过来，累得上气不接下气，能听出来他说的是船来了，但实在听不明白来的是什么船。因为他太过慌乱，说的话夹杂着日语和琉球语，听着尤其啰唆。反正说的是船的事，我索性直接赶到海边去瞧。一大群土人都聚在海边，而停靠着的那艘高桅帆船，一看便知是来接人的。一见那船，我立即兴奋起来。少将和康赖更是比我先一步跑到船舷边上，如果按照琉球人的话说，他俩的高兴劲，就像被毒蛇咬了之后发癫一样。旋即六波罗[③]的丹左卫门尉基安便向少将递交了赦免书。少将接过来一

① 引自《平家物语》第三卷。

② 传说中居住在长崎县松浦海边的美女。与前去甲定朝鲜的大伴狭手比古订下婚约，在离别时，爬上山丘挥动披肩依依惜别，最后就此化作一块石头。见《源平盛衰记》第九卷。

③ 京都市鸭川东部、五条与七条之间，有平家一族的居馆六波罗殿。

看，上面独独没有我的名字。——那一瞬间，各种各样的事情都浮现在我的脑海。女儿年幼的面庞、夫人的骂声、京极府邸的庭院风光、天竺的早利即利兄弟[①]、中国的一行阿阇梨[②]，日本的实方大臣[③]——一时间竟数不过来，甚至还看到了拉车红牛的屁股，现在想想都很好笑。我当时极力掩饰自己的慌乱，当然，少将和康赖看上去也非常同情我，一边安慰我，一边恳请使者允许我俊宽一同乘船回去。然而没有得到赦免的人是无论如何也不能上船的。我努力让自己镇定下来，开始思考为什么只有我一人没有得到赦免。高平太憎恨着我——一定是这样。他虽然恨我，但心里更怕我。我曾是法胜寺[④]的执行[⑤]，自然不熟悉军务，不过说不定天下会意外地拥护我俊宽的见解。——高平太怕的就是这个。我这样想着，嘴角不禁泛起苦笑。为山门[⑥]和源氏一族的武士提供恰到好处之舆论，让西光法师来负责是恰如其分，我并不稀罕，我可还没老糊涂到要因为平家劳心费神。我之前就说过了，这天下是谁的都无所谓。我只要有一卷经书在手，若再有鹤前陪伴在侧，便可安享

---

① 古印度波罗奈国月盖王的两个太子。哥哥因伤了弟弟的眼睛，被取消了继承权，并遭到放逐。但最后由一只鹰送来了怜惜其命运的母亲的音信。引自《源平盛衰记》第九卷。

② 中国唐代僧侣，真言宗的鼻祖。据《源平盛衰记》记载，他因蒙受不白之冤而被流放。

③ 藤原实方，日本平安时代中期的贵族、歌人，三十六歌仙之一。传说是《源氏物语》主人公光源氏的原型。

④ 白河天皇建立的寺院。位于京都左京区冈崎。俊宽的墓即在此处。

⑤ 寺院管理总务的僧职。

⑥ 比睿山延历寺的别称，有“日本佛教之母山”的美称。

太平。但净海入道无知浅薄，甚至把我俊宽也视作威胁，实在悲哀。不过这样看来，比起被砍头，一个人被遗弃在这座岛上，也是一种幸运了——在我这样想着的时候，船终于要出发了。只见这时，那位少将的妻子抱着孩子，正央求使者让自己也上船。我总不至于迁怒一个女人，觉得她确实很可怜，于是也求起使者基安来。但是基安并不吃这一套，他只是一个除了自己的任务、其他一概充耳不闻的傀儡罢了。我觉得倒也怪不得他，真正罪孽深重的，其实是少将——”俊宽大人看上去生气极了，扇扇子的力道也加重了。

“那女人像疯了似的，无论如何都要上船。于是船夫就上去拦，最后她抓住了少将的直垂衣角。可少将铁青着一张脸，狠狠地把她的手甩开，她一下子摔倒在海边，不再尝试上船，一门心思痛哭起来，哭声越来越大。那一瞬间，我心中生起了不输于康赖的大嗔恚。少将是个衣冠禽兽，在一边袖手旁观的康赖，也不配做我佛弟子。除了我，谁都没有替那女人出头。——一想到这里，一切恶语中伤便难以抑制地奔涌到我的嘴边。我所说的并不是京城混混骂的脏话，而尽是八万法藏十二部经典中所有恶鬼罗刹的名字，一个不落地从我嘴里蹦出来。然而，船还是渐行渐远了，那女人仍然伏地痛哭着。我在沙滩上气得直跺脚，不停地招手大喊着：‘回来！回来！’”

尽管当时的主人很生气，但我听着主人的讲述，脸上不自觉地浮现出微笑来，于是主人也笑了起来，无奈道：

“传言说我招手，大概就是因为这个，这也是我嗔恚[①]的报应吧。如果我当时没有发那么大的火，也就不会有‘俊宽回京心切已至癫狂’的话柄留下来了。”

“可是除了这件事，就没有其他让您觉得遗憾的事情了吗？”

“遗憾又有什么用呢？从那之后，孤独的感觉也在一天天消失。如今此身唯一所愿，便是有朝一日能得见真佛。观自土即净土，大欢喜的笑声便会如火山熔岩，自然而然地迸发而出。不论身在何处，我都信奉自己内心的力量。——啊，还忘了一件事。那女人仍伏在地上，一动不动，不知还要哭多久。土人已经各自散去，船更是早已消失在青空之下。我实在可怜她，便默默绕到她身后，想架住她的胳膊扶她起来宽慰一番。结果你猜她怎么着？突然就把我掀翻在地。我躺在地上，仰面朝天，晕头转向。想必寄宿在我这副肉身上的诸佛诸菩萨诸明王，也和我一样震惊吧。等我终于爬起来，发现那女人已经无精打采地往村子的方向走去。你问她为什么要把我推倒？那就只有她自己知道了。或许她以为我趁着周围没人，要折辱于她。”

---

① 指仇视、怨恨和损害他人的心理。

五

第二天，我随主人登上了岛上那座火山。在主人这里逗留一个月之后，我怀着不舍的心情，又回到了京城。“未尝痴望，共览海岬，苫棚柴庵，且送吾友归。”——正是主人临别赠予我的和歌。直到今天，俊宽大人仍然在那座远离人世的岛上、竹棚搭就的住所里，悠然自得地生活着。说不定今晚他也会一边吃着琉球山药，一边思考佛陀和天下之事。关于这些，可以讲的还有很多，那就有机会再讲给您听吧。

（大正十年十二月）

二

犬与笛

——谨献给郁子小姐

一

从前，大和国的葛城山脚下，住着一个叫作长发彦的年轻樵夫。他拥有一张女子般的面孔，头发也像女子一般长，所以得了这样一个名字。长发彦的笛子吹得非常好，每当他到山间砍柴，劳作的间歇总会将腰间的笛子取出，一个人吹起曲子来。神奇的是，似乎所有的鸟兽草木，都听得懂他笛音的美妙。每当他吹起笛子，草木轻摇慢摆，鸟兽聚集而来，静静倾听，直到一曲奏毕。

这一天，长发彦和往常一样，坐在一棵大树下专心致志地吹起笛子来。忽然，一个身材魁梧、遍身垂挂蓝色勾玉，只有一条腿的男子出现在他眼前。

“你的笛子吹得不错嘛。我从很久以前开始便一直沉睡在大山深处的洞穴中，做着神代的梦。自从你来这里砍柴，每每听到你的笛声，我都觉得很有趣。所以今天特意前来答谢，你想要什么都可以。”

长发彦思索片刻，便对男子说：“我喜欢狗，请给我一只狗吧。”

男子听闻大笑道：“就想要一只狗，你可真是个无欲无求的人。不过这份无欲无求也着实令我感动，我就送你一只举世无双的神犬吧。而我，正是这葛城山的独脚神。”

说罢，男子吹出一记响亮的呼哨，一只白犬从森林深处跑了出来，踩得落叶四散纷飞。独脚神指着它说道：

“它叫嗅嗅，非常聪明。无论多么遥远的地方，只要发生了什么事，它都闻得出来。从今以后，你就代替我好好照顾它吧！”话音刚落，独脚神的身影便如雾气般消散得无影无踪了。

长发彦很高兴，带着白犬回到了村里。第二天，他又到山上照常吹起笛子，这一次，一个脖挂黑色勾玉、只有一只手的魁梧男子出现在他面前。

“昨天我的兄长独脚神送给你一只狗作为谢礼，今天我也来答谢你。你有什么想要的，不必客气，尽管说吧，我是葛城山的独臂神。”于是长发彦说，自己想要一只比嗅嗅更优秀的狗，那魁梧男子立刻吹起口哨，叫出了一只黑犬。

“它叫飞飞，无论是谁都能骑着它飞出千百里。明天我的弟弟还会来送你一份谢礼的。”独臂神说罢，便消失不见。

于是又过了一日，长发彦在山上刚想吹笛子，一位戴着红色勾玉、只有一只眼的魁梧男子像风一般从空中飞来，说道：

“我是葛城山的独目神。二位兄长都送了你谢礼，我便送你一只不逊于嗅嗅和飞飞的神犬。”说罢便吹起口哨来，一只花犬龇着牙从森林里跑了过来。

“它叫咬咬，无论多么可怕的鬼神，都能被它一口咬死。我们送你的三只神犬，无论你身在何处，只要听到你的笛声就会出现。但是不吹笛子是唤不来的，你千万记住。”

接着，独目神便又像风一般腾空而起，引得树叶随之震颤不已。

二

那之后，又过去了四五天，长发彦吹着笛子来到葛城山下的三岔路，身边跟着三只神犬。这时，左右两边的大路出现了两名身负弓箭的年轻武士，骑着壮马稳步走了过来。长发彦便将笛子收回腰间，恭敬地行礼问道：

“请问，两位大人从哪里来呀？”

“飞鸟大臣家的两位公主不知被哪里的鬼神掳走，一夜之间便去向不明。”

“大臣十分担心，便放出消息，谁若是能找回公主便有重赏。我二人便是一起去找公主的。”

两名武士你一言我一语地说完，觉得这个一脸女相的樵夫还带着三条狗，傻得不行，便不再理会，急忙继续赶路。长发彦觉得好运来了，便赶紧摸着白犬的头说道：

“嗅嗅，嗅嗅，你去闻闻公主现在何处。”嗅嗅便借着迎面吹来的风抽着鼻子，认真闻了起来，接着浑身一激灵，答道：

“汪汪！年长的公主被生驹山的食蜃人抓走了。”

食蜃人乃是过去饲养八岐大蛇的一群恶徒。于是长发彦赶紧跨上黑犬的背，带上白犬和花犬，大声喊道：“飞飞，飞飞，带我飞到生驹山食蜃人居住的洞穴去！”

话音刚落，一阵强风从长发彦的脚下平地而起，眼见黑犬就像一片叶子直升上天空，朝向青云彼端遥远的生驹山笔直地飞了过去。

三

长发彦到达生驹山，只见山中有一巨大的洞穴，一位头戴金梳的美丽公主正在洞中啜泣。

“公主殿下，公主殿下，我是来接您的。您别怕，快准备一下，跟我一起回到您父亲身边吧！”三只神犬也叼住公主的裙裾和衣袖叫道：“来呀，快准备一下吧！汪！汪！汪！”

可公主眼含泪水，悄悄指着洞穴深处说道：“那是把我掳到这里来的食蜃人，刚刚睡着了。他一旦醒来，一定很快就会追上来，到时候你我的性命都不保。”

长发彦听闻呵呵笑道：“区区食蜃人何足为惧，看我就在这里结果了他！”他拍拍花犬的背，英勇地说道：“咬咬，咬咬，你去把洞穴深处那个食蜃人咬死！”

花犬当即露出獠牙，发出雷鸣般的低吼，直冲到洞穴深处，不一会儿便叼着那食蜃人血淋淋的头，翘着尾巴跑了出来。与此同时，不可思议的是，云雾笼罩的谷底忽然刮起一阵风，风中似乎有谁在温柔地说：

“长发彦，谢谢你，我不会忘记你的恩情。我是生驹山的驹姬，一直被食蜃人欺凌。”

然而获救的公主却好像什么都没听到，担心地对长发彦说道：

“多亏你救了我，可不知道我妹妹现在的处境如何呀。”

于是长发彦摸摸白犬的头说道：“嗅嗅，嗅嗅，闻闻公主现在在哪里。”

“汪！汪！另一位公主被笠置山洞穴里的土蜘蛛掳走了。”这土蜘蛛原是神武天皇讨伐过的恶徒一寸法师所化。于是长发彦再一次将其他两只神犬夹在腋下，和公主一起跨上黑犬的背，说道：

“飞飞，飞飞，我们去笠置山的土蜘蛛洞穴。”

黑犬旋即升上天空，朝高耸入云的笠置山飞去，比离弦的箭还要快。

四

那土蜘蛛原是一个满肚子坏水的家伙，长发彦到达笠置山时，他特意满脸堆笑地早早等在洞口迎接。

“哎呀呀，长发彦大人远道而来，快请进来吧！寒舍简陋，却也有生鹿胆和熊胎盘招待您。”

长发彦摇头，大声恐吓叱责道：“不必了！我是来带回被你掳走的公主的。若是你不归还公主，就会和食蜃人落得一个下场！”

土蜘蛛畏畏缩缩、声音颤抖地说：“啊啊，当然会归还，只要您发话，哪有不照办的道理。公主殿下一个人在洞穴里好好的，请您不要担心，我这就带您过去。”

于是长发彦便带着年长的公主和三只神犬深入洞穴之中，果然有一位头戴银梳、容貌可人的公主正在悲伤哭泣。一见有人来，公主吓了一跳，可一看是自己的姐姐，唤了一声“姐姐！”便跑过去，年长的公主也应了一声“妹妹！”迎上去，二人喜极而泣，相拥良久。此情此景，长发彦也忍不住为之落泪，突然，三只神犬一齐背毛倒竖，狂吠起来：

“汪！汪！土蜘蛛这个浑蛋！”

“可恶的家伙！汪！汪！”

“汪！汪！汪！给我等着！汪！汪！汪！”

长发彦这才反应过来，那狡猾的土蜘蛛不知何时在外面用一块巨大的岩石将洞口堵得严丝合缝，岩石的另一端，还能听见那家伙在拍手大笑：

“活该！可恶的长发彦！你们被困在这里，用不了一个月的时间，就会变成几具干尸啦！还是我土蜘蛛技高一筹，吓傻了吧！”

长发彦终于栽了跟头，一时间懊悔不已。幸而他想起悬挂在腰间的笛子。只要吹起笛子，何止鸟兽，就连草木也会为他的笛声迷醉，那土蜘蛛也不会是例外。于是长发彦鼓起勇气，一边安抚狂吠不止的神犬，一边有条不紊地吹起笛子来。于是，土蜘蛛那个坏蛋也渐渐在笛声中陶醉了。一开始他只是将耳朵贴在洞穴的入口，后来逐渐入迷，越发想听得更真切些，便将那块巨岩向一旁一寸两寸地推开。

后来，待到足够一人通过的开口出现时，长发彦急忙放下笛子，拍拍花犬的背命令道：

“咬咬，咬咬，去把门口的土蜘蛛咬死！”

土蜘蛛一听，马上吓破了胆，只顾逃命，可已经来不及了。咬咬闪电般冲出洞外，毫不费力便将土蜘蛛咬死。这时，谷底传来的风声中，又有人在神秘地低语：

“长发彦，谢谢你，我不会忘记你的恩情。我是笠置山的笠姬，一直饱受土蜘蛛的欺凌。”

五

事已了结，长发彦便带着两位公主和神犬，跨上黑犬的背，飞离笠置山，前往飞鸟大臣的府邸。飞行途中，两位公主不知出于什么用意，分别将自己的金梳银梳取下，插到长发彦的长发之中。而长发彦一心驾着黑犬急速飞行，俯瞰身下美丽的大和国土，并无察觉。

经过之前出发的三岔路上空，那两位武士不知从哪里回来，正并肩策马急匆匆地往都城赶。长发彦忽然就想跟两名武士炫耀一下自己的功劳，于是命令黑犬：

“降落，降落，降到那个三岔路口！”

两名武士骑着马寻遍各处，还是找不到公主，只得无功而返。突然看到公主和那个一脸女相的樵夫骑着一只大黑犬从空中降落，大吃一惊。长发彦从飞飞身上下来，又恭恭敬敬地行礼道：

“两位大人，我同二位别过后，便直接赶往生驹山和笠置山，救回了二位公主。”

两位武士一见是如此低贱的樵夫救了公主，惊讶之余，艳羡、嫉妒、愤恨皆有之。不过表面上还是装作一副高兴的样子，对长发彦的功劳大加赞扬，一点点问出了三只神犬的由来，以及长发彦腰间笛子的神妙之处。于是趁长发彦不注意，二人先夺了至关重要的笛子，接着抢上黑犬肩头，将二位公主和其他两只神犬紧紧夹在腋下，清了清嗓子命令道：

“飞飞，飞飞，带我们去飞鸟大臣所在的都城吧。”

长发彦大吃一惊，立即想要跳上去抓住二人，可黑犬早已脚底生风腾空而起，飞向遥远青空之上。三岔路口只留下武士的两匹马和扑倒在地、伤心哭泣的长发彦。这时，生驹山的方向吹来一阵风，带来一句低语：

“长发彦，长发彦，我是生驹山的驹姬。”

与此同时，笠置山的方向也吹来一阵风，其中有同样的低语：

“长发彦，长发彦，我是笠置山的笠姬。”

两个声音一齐说道：“我们这就去追那两个武士，讨回笛子，您不要担心。”接着一阵狂风呼啸，朝着黑犬的方向席卷而去。

少顷，风中的低语再一次盘旋在三岔口上空：

“那两名武士已经带公主回到了飞鸟大臣跟前，得到了很多奖赏。快，快，快吹笛子将三只神犬召回，我们又帮你找了一身像样的行装，你好穿戴整齐，仪表堂堂地出人头地。”

接着，先是那重要的笛子，然后便是金甲银盔、孔雀翎箭、香木长弓这些尽是大将风范的行头，在日光下绚烂夺目，雨点般砸在长发彦眼前。

六

不久，长发彦便肩负香木长弓、孔雀翎箭，夹着白、花两只神犬，骑着黑犬，神明一般飘飘摇摇降至飞鸟大臣的府邸。那两名年轻武士见状不知有多慌张，就连飞鸟大臣自己也不可思议地看着长发彦的凛凛风姿，呆愣片刻，宛如身在梦中。长发彦摘下头盔，恭敬地对大臣行礼道：

“我是住在葛城山下的长发彦，救助二位公主的是我，并不是这两个武士，他们在我消灭食蜃人和土蜘蛛时根本不在场。”

两个武士一听自己吹嘘的事情被长发彦戳破，便马上变了脸色，打断长发彦：

“信口雌黄的是他！明明是我们砍了食蜃人的头、识破了土蜘蛛的奸计！”

大臣坐在殿中，看看长发彦，又看看两名武士，也不知该相信谁。于是对两位公主说：

“看来只能由你们做证了。到底是谁救了你们呢？”

两位公主靠在父亲怀里害羞地说道：“是长发彦救了我们。我们已将自己的梳子插在他茂密的长发间，您一查便知。”而长发彦头顶，确有金银二梳在闪闪发光。

事已至此，两名武士无计可施，便颤抖着跪在大臣座下坦白道：

“是我二人心生恶念，将长发彦救助公主的功劳据为己有。我们在此认罪坦白，但求饶过我们的性命！”

此后的事便无须赘述，长发彦获得了无数赏赐，又成了飞鸟大臣的贵婿。两名武士被三只神犬追着，连滚带爬地逃出了府邸。只是，究竟是哪位公主嫁给了长发彦，因年代过于久远，如今便也无处可考。

（大正七年十二月）

二

三右卫门之罪

文政四年十二月，加贺藩宰相治相家一位俸禄六百石的马前旗本，名叫细井三右卫门，杀了相役衣笠太兵卫家的次子、一位叫数马的年轻武士，事发时二人并非在比武决斗。当夜戌时初刻，数马躲在城南的练马场，偷袭从歌谣会归来路过的三右卫门不成，反被三右卫门斩杀在地。

治修了解事情始末之后，召来三右卫门。将其召来绝非兴之所至，乃是事出有因。首先治修是贤明的主子，他不会将一切家事全权交与家臣处理，总是先独立做出判断，身体力行。一次，治修对两名鹰匠分别做出了赏罚，这件事便得以窥见治修的处事之道。事情经过如下：

那段时间石川郡市川村的青田徙来一群丹顶鹤，司鸟的仆从知会鹰房，鹰房随即上报给若年寄，宰相大人从若年寄那里得知后大悦，翌日卯时便携一众家臣前往市川村，带去了将军大人赏赐的富士司的上好御鹰，此外又带了两只大鹰、两只隼。御鹰本该由鹰匠相本喜左卫门擎着，可当天宰相大人坚持自己擎鹰。雨后田间小路泥泞不堪，大人不慎脚下一滑，身形一晃，御鹰便飞了出去，丹顶鹤群也随之被惊散。喜左卫门一时气极，几乎失去理智，脱口便骂什么“浑蛋瞧你做的好事”。话音刚落才发觉这是在主人宰相大人面前，于是全身冒着冷汗跪伏在地，等候主人发落。宰相大人随即放声大笑道：“这是余的过错，望你谅解。”大人又感念其忠直，回城后赐他新地百石，又提拔他为鹰房的新掌事。

之后御鹰就交由柳濑清八照顾。有段时间它害了病，一天宰相大人召清八询问御鹰的病情是否好转，清八回话说已经大好了，动辄还要抓人呢。大人些许反感于清八的谄媚之态，便顺势命清八继续训练御鹰抓人。清八无可奈何，只得日日将碎肉当作诱饵置于自己的儿子清太郎头顶，日夜训练之下，御鹰终于学会见人便飞上头顶抓咬。于是清八第一时间通过鹰房小头目向上禀告，宰相大人很是感兴趣，明日便要带御鹰去城南马场抓掌茶的大场重玄。辰时宰相大人驾临马场，便让大场重玄立于正中，随即命清八放鹰。清八得令，御鹰离了清八手臂，径直便向重玄头上冲将过去，死死抓住了他的头皮。清八见状登时有了底气，两只手拔出给鹰切肉的刀，抬胳膊就要刺向重玄。宰相大人立刻喝道：“柳濑，你要作甚！”柳濑却不顾主人呵斥，理直气壮地说：“鹰抓住了猎物，就得给它削肉吃。”说着还要举刀刺向重玄。宰相大人震怒，毫不犹豫地掏出手铳，凭借长日里练就的枪法，一击便将清八射杀。

其次，治修相当看重三右卫门。一次，三右卫门同另一位武士一齐抓捕发狂闹事之徒，二人皆头部受伤。三右卫门左颊鬓下肿成青紫，另一位武士则是眉间受创。治修将二人召到跟前，极尽褒奖之词，最后关切二人道：“如何，还痛吗？”

那位武士答曰：“承蒙主上关怀，荣幸之至，并不痛。”

然而三右卫门却抱怨道：“伤成这样还不觉得痛，怕是死人吧。”

治修自此认定三右卫门乃耿直之辈，同时也不认为另一位武士巧言令色，相信此人也是可靠之人。

故而治修这一次依然相信，没有比把三右卫门叫到跟前亲自询问之外更合适的办法。

三右卫门应召毕恭毕敬前来，脸上却全无畏缩之色。在他略黑紧绷的面孔上，淡淡笼罩着一层舍身成仁的意味。治修先是这样问道：

“三右卫门，听说数马当时偷袭了你，你们之间可曾有过私仇哇？”

“想必是有的，可小人并不知是何私仇。”

治修想了想，打定主意后，又继续问道：

“你一点印象都没有吗？”

“没有。不过小人以为自己或许做过引起对方怨恨的事。”

“那你做了什么？”

“那是四天之前，在教头山本小左卫门阁下的道场，举办了今年最后一场剑道比试。小人代替小左卫门阁下担任裁判。原本小人只负责监督非本道场弟子的比试，不过数马的比试也是小人监督的。”

“数马的对手是谁？”

“侧役平田喜太夫阁下手下的总领多门。”

“那场比试是数马输了吧。”

“正是。多门先后击中数马手臂和面门，胜两招。而数马一招也未胜。所以三招胜负制的比试里，数马输得并不光彩。或许这就是数马怨恨我的事。”

“你的意思是，数马认为你有所偏袒？”

“正是。可小人并没有偏袒，也绝不会偏袒。但正因如此，小人才怀疑数马误会小人偏袒。”

“平日你们二人关系如何？可有过口角？”

“未曾有过，只是……”

三右卫门忽然迟疑了，看起来他倒不是犹豫该不该说下去——不如说他在考虑讲述的先后顺序。治修依旧和颜悦色，静待三右卫门开口。片刻，三右卫门又道：

“是这样的。比试前日，数马忽然为之前他的失礼之处向小人道歉。但小人实在想不起他有何失礼之处。于是小人追问他究竟所为何事，然数马只是苦笑着不肯回答。于是小人只得直言自己并不记得什么失礼之处，恕难接受他的道歉。数马似乎也了然，坦然道许是自己会错了意，也请小人不要在意。小人记得那时他的笑容一改之前的苦涩，似乎是真心高兴。”

“那么你觉得数马误会了什么？”

“这一点小人也不甚清楚。大约不过是些琐碎小事吧？——除此之外也实在难以想象了。”

说到这里，二人沉默了片刻。

“那么你觉得数马怎么样？是多疑多思之人吗？”

“不像是多疑之人，他和所有这个年纪的年轻人一样，喜怒哀乐常挂在脸上，也并不以此为耻。——反倒让人觉得他有些冲动易怒。”

三右卫门说到这里顿了顿，再度开口之前，却重重叹了口气：

“加之他和多门的那场比试事关重大。”

“为什么？”

“数马眼下仍是学艺的外弟子，只要赢了那场比试，便可被正式收入名册，成为道场弟子。多门也同样面临如此选拔。二人本属同门，且武艺也不相上下。”

治修再度沉默了，像是正在考虑着什么。忽然他话锋一转，问起三右卫门杀死数马当夜的情况。

“数马当时真的等在练马场后面吗？”

“应该是的。那夜突然下起了雪，小人打着伞独自经过那里，也没有披蓑衣。当时只听得风声骤起，从左边刮来一阵雪，小人赶忙把伞收回一半，斜斜地挡在左边，数马就在这时砍了过来，却只砍到了伞，小人毫发无伤。”

“他一句话都没说就砍过来了吗？”

“小人记得是这样。”

“当时你以为砍你的是谁呢？”

“当时的情况容不得小人想。伞被砍掉的那一刹那，小人不自觉地朝右躲开，脚上的木屐就是那时掉的。接着第二刀就砍了过来，在小人的羽织上割出了五寸长的口子，小人再次躲开的同时，自己也挥刀砍过去。大概就是这一刀，砍中了数马的脾腹。他当时还说了些什么……”

“说了什么？”

“小人听得不真切，听起来只是一味狂乱的怒吼。这时我才发现那是数马。”

“是因为你听出来他的声音了吗？”

“并不是。”

“那你是怎么发现的？”

治修看着三右卫门，三右卫门一时间却缄口不言。治修催促似的重复了一遍，而三右卫门只是死死盯着裹着裙裤的膝头，看样子不会再轻易开口。

“三右卫门，你是怎么发现的？”

治修的态度就像变了个人，陡然威严起来。态度的急速变化，也是他惯用的手段之一。终于，三右卫门仍旧垂着眼，却开了口。只是接下来他所述之事，并没有回答“怎么发现的”。出乎治修意料的是，三右卫门当即谢罪道：

“三右卫门有罪，杀了为您效力的武士。”

治修微微皱起眉毛，威严不减，注视着他。于是三右卫门继续说道：

“数马对小人心怀怨恨是有原因的。因为小人在做裁判之时，确实有过偏私。”

治修的眉头皱得更紧了。

“可你不是说自己没有，也不会偏袒吗？”

“这一点也绝不会改变。”三右卫门开始字斟句酌地讲述起来，“小人所说之偏私并不是想要数马输、想要多门赢的这种偏袒。但也不能说，因为没有这种偏袒，小人就真的没有偏私。事实上，小人比起多门，对数马抱有更高的期望。多门剑法小气，卑劣手段频出，是不择手段只为取胜的邪道。数马的剑法则是光明磊落的正道，总是和对手赤诚相见。小人相信不出两三年，数马的剑法一定会远超多门之上……”

“那为什么数马输了？”

“小人接下来便要解释。小人确实希望数马赢过多门，但小人作为裁判，就必须舍弃私情。——只要手执扇子立于二人的竹刀之间，就必须遵循天道。所以小人站在他们中间时，心中只想着公平二字。但正如刚所说，小人更希望数马胜出，心中那座天平已经倾向了数马。若想使它重新回归水平，自然要往多门那一端多加砝码。故而小人之过，在于对多门有失过宽，对数马则有失过严。”

三右卫门又停了下来，治修依然静静地侧耳倾听着。

“二人对峙，死盯着对方，谁也不肯先出手。突然多门逮住了数马的破绽，朝数马的面门劈去。然数马仍然全神贯注，提起一口气，漂亮地挡了回去，同时击中了多门的手腕。小人的偏私就是从那一刹那开始的。在小人眼里，刚才无疑是数马赢了，但转念一想，那一击也许力道不足。这个念头便让小人犹豫起来，最终还是没有朝数马伸出扇子判他领先。二人再一次摆好架势对峙起来，这一次数马抢占先手，朝多门的手腕刺去，而多门借势拨开数马的竹刀，一下子打到数马手腕上，领先一手。多门这一击的力道其实不如刚才数马的那一击，至少不如数马的那般漂亮。可小人当即就将扇子伸向多门判他领先，随即顿觉不妙。然而小人内心深处却有这样的声音在低语：'裁判不会误判，你觉得不对劲，是因为你一开始就对数马有偏私……'"

"之后呢？"

治修脸上越发阴沉起来，再一次催促起停下来的三右卫门。

"二人重新拉开架势，刀尖相对，小人预感这一回合会比之前都要长。然而数马先发制人，一碰上多门的刀尖，猛地就往对方怀里刺去。这一招突刺十分有力，但与此同时多门的竹刀也击中了数马的面门。小人当即在二人只见伸直擎着扇子的手臂，判该回合平局。但小人又开始怀疑判平局是否合适，因为疑惑自己是否真的看清了二人的先后手，也许是数马先刺中多门，脸上才挨了一下也未可知。尽管如此二人还是继续摆开阵势，数马再一次抢占先手，一记突刺，似乎是占了上风。多门的竹刀就在下方击中了数马的上身。之后二人又交锋十个回合，最终多门一刀劈中数马的面门……"

“直接劈到了脸上？”

“是的，非常漂亮的一招。这一次多门的胜利是毋庸置疑的。数马被得手后，眼见着焦躁了起来，小人见此心想这一手无论如何也要判给数马。可越是这样想，手上的动作却越犹豫。二人的对峙还在继续，七八个回合之后，谁知数马竟要和多门近身搏斗，若是在平日里，数马是绝对做不出近身搏斗这种事的。小人当即心下一紧，担心是自然的，因为多门在闪身躲开的同时，利落地一剑击中了数马的面门。最后的胜负毫无悬念，小人第三次将扇子伸向多门。——小人所谓偏私就是这样了，无外乎是小人从未料到，仅仅在心里这杆秤的一端多加了一毫，就让数马输掉了这场至关重要的比试。如今想来，小人为数马所怨恨，也是理所应当的。”

“那么你砍回去的时候，如何知道那是数马的？”

“那时候小人并不能确定。不过现在回想起来，小人心中还是觉得多少对不住数马，所以自然而然便觉得偷袭的人就是数马。”

“所以你还是为数马的死而难过。”

“是的。正如小人刚才所言，小人侍奉主上，却杀了为主上效命的武士，还有何资格追随您。”

三右卫门说罢，头垂得更低了。寒冬腊月，他的头上竟渗出了亮晶晶的冷汗。而治修的态度不知何时起又和缓下来，颇为豪迈地点头道：

“好，好。我明白你的心意。只是你的所作所为还是不对的，虽然也是无奈之举，但以后——”

治修说到一半，抬眼看向三右卫门。

“你砍回去的时候，已经发现那是数马了。可你为什么没有及时收手，最终还是杀了他呢？”

三右卫门闻听此言，昂然仰起微微黝黑的面孔，眼睛里舍身成仁的气势依旧不减。

“小人不得不杀。三右卫门是您的家臣，也是一名武士。虽然不忍数马就此殒命，但对于偷袭的暴徒，小人没有恻隐之心。”

（大正十二年十二月）

二

鼠小僧次郎吉

一

初秋，一个黄昏。

汐留港的船员客栈“伊豆屋”二楼，两名闲汉一直在饮酒。一人是肤色略黑的微胖男子，一身贴身的结城绸单衣，腰系八反平缝腰带，肩披一件早年舶来的唐格子半天袄，一身打扮颇有饱经沧桑的男子气概；另一个人则白净矮小，胳膊上蔓延至手腕的刺青颇为引人注目，算盘珠纹的三尺带一圈圈地缠住浆过的弁庆格子细布单衣，不同于另一个人的气度，懒散中却透出一丝狠戾来。看上去后者的本事略逊一筹，所以一直称呼前者为“老大”。二人年龄相仿，推杯换盏间，又比一般的头目喽啰关系更显融洽亲近。

黄昏赤红的落日照在对面盖着唐津烧瓦的铁墙上，一棵枝繁叶茂的柳树在落日炙烤下蒸腾出水汽来，又教人觉得残暑未消。尽管客栈正面二楼的门早把苇帘撤下，换上了唐纸隔扇，可对江户充满留恋的夏日，还流连在悬在栏杆上的伊予帘、撤在地上被人遗忘的瀑布水墨画、呈在二人中间的凉拌生鲍和鱼片，如此种种当中。

晚风不时拂来，吹过已是微醺的二人头顶微微左斜的抹过油的发髻。凉爽归凉爽，依旧毫无些许秋天的寒意。二人中尤其是白净的那个，大敞着前襟，胸前挂着的护身银锁，凉凉地闪烁着亮光。二人一直避开女侍，闷头密谈着。终于谈话告一段落，那个略黑微胖的男人大咧咧地把酒盏递给对方，从膝下掏出烟管叼在嘴里，说道：

“总之，三年了，我是又回江户了。”

“可算回来了，还觉得回来得晚了呢！不过您这一回来，不光咱们自己弟兄，整个江户地界里，没有不高兴的！”

“也就你会这么说吧！”

“嘿嘿，您说得是。”白净的小个子故意瞟向他，坏笑道，“不信您去问问小花姐。”

“我才不去。”被喊作老大的男人叼着心形烟管，脸上浮起一丝苦笑，接着便马上正色道，“不过啊，我走了三年，这江户可是大变样了呀。”

“说变，也变了；说没变，也没变。暗娼生意如今真是难做得出奇呀！”

“如此说来，不是我这老家伙说，还真是怀念从前啊！”

“不变的也只有小的我，我是一直都这样！”穿着小弁庆格子单衣的男子，接过酒盏一饮而尽，抬起手抹掉嘴边的酒，自嘲似的耸耸眉毛，“如今看来，三年前简直是人间天堂啊！老大，您名震江户的那时候，不是有个叫鼠小僧的偷儿嘛，虽远比不上石川五右卫门[1]，但也还算机灵。”

“说什么讨打的浑话，我如何能和那种偷儿相提并论！”

身披唐格子半天袄的男子喷出烟雾，不知不觉又苦笑起来。可那凶悍的小个子却毫不在意，又啜饮一杯，接着说道：

“看看现在，到处都是一扫帚就能扫干净的鼠辈，那种江洋大盗却哪里都找不到了。”

“找不到不是更好？国患盗贼，家患硕鼠，江洋大盗还是没有的好。”

“那自然是没有的好，没有的好哇！”小个子伸出满是刺青的手臂，将酒杯递了过去，“一想起当年的事，嘿嘿，说来也怪，就连这些个盗贼也很令人怀念哪！像您刚才说的，那个叫鼠小僧的小子，脾气倒是最喜人的！您说是吧老大！”

“说得不错。盗贼的后盾就是赌徒。”

“嘿嘿，这是最厉害的啦。”小个子说着，耷拉下肩膀，转

① 石川五右卫门，日本安土桃山时代著名侠盗。因为偷窃丰臣秀吉一件名贵茶器千鸟香炉时失手被捕后，被丰臣秀吉处以釜煮之刑而死。

而马上兴奋地说道，“小的我也没啥资格帮盗贼说话，不过听说那家伙潜到财大气粗的大名府邸，专劫了现钱即刻接济吃了上顿没下顿的穷人。虽说是正邪不两立，恶人想求善果也是要积阴德的。嘿，我就是这么想的。”

“是吗，这么说来也有道理。不过鼠小僧那小子大约做梦也想不到，改代町的裸松都为他撑腰。这也是神佛保佑吧！”

微胖男子又为对方倒了一杯酒，淡淡地说道。忽然又像想起了什么一样，双膝大咧咧地往前凑了凑，爽朗地笑道：

“有这么个事。我倒是见过鼠小僧的笑话，现在想想也能笑破肚皮呢！”

于是，被叫作老大的男子嘬着烟管，悠然讲了起来。吐出的烟圈，也渐渐消失在夕阳中。

二

大概三年前，我在盂兰盆节大闹江户之后，东海道是走不了了，只得从甲州官道走到身延。我至今都忘不了，那是在腊月十一，我扮成赶路的人。那打扮你也知道，两件结城捻绸衣套在一起，系一条金刚纹博多腰带，插一把道中胁差，披上革色的雨衣，再扣上一顶苇笠。同我一起出发的除了一开始便打好包的行李，再无其他。看起来像是了无牵挂，不过一想到再也不能承欢于双亲膝下，便闷闷不乐，每走一步便想回头望一望，我这人还是相当传统的。

那日天阴得要下雪，出奇地冷。尤其是甲州官道上，阴云笼罩的不知是哪座山，如同屏风一般挡在那里，桑田上不曾有一片枯叶飞过。停在桑枝上的黄雀似乎都被寒气冻痛了喉咙，一声也叫不出来了。干冷的风从小佛岭横扫过来，吹得蓑衣上下翻飞。不怎么出远门的江户男儿，不论平日里如何嚣张，这下也是狼狈不堪。我摁着苇笠边沿，频频回望今早走过的四谷到新宿的这段路。自然，我这般不适旅途之苦的样子，其他路人见了多少也会不忍。刚刚从府中的旅舍出来，便有一个相貌颇为敦厚的男子跟了上来，其人也披蓑戴笠，一身常见的旅行装束。系在脖子上的包裹，唐栈纹的包袱皮都褪了色，穿在里头的条纹棉布单衣和小仓带也洗得发旧。右边脑袋有块斑秃，下巴深深地凹了进去。虽是风吹不倒的体格，手头也必不宽裕。不过人却比看上去热忱，一路上亲切地给我介绍沿途的各处名胜古迹。我倒是一直也想有个伴。

"你要去哪里呀？"

"我要去甲府，老爷您呢？"

"我呀，我去身延。"

"说来老爷是江户人吧！住在江户哪里呀？"

"茅场町植木店。你也是江户人？"

"哎，我住在深川六间堀，开了家小店卖杂货过活，店名叫越后屋重吉。"

我们就这么聊了起来，都是江户老乡，聊起家里的事，也算多了个好旅伴。我们加紧赶路，当晚要到日野客栈住下，可说着雪片便开始哗啦啦地落下来。要是一直一个人赶路，不知得什么样呢。时辰已过午后四时，仰望雪空之上，河边成群水鸟的叫声仿佛要渗到骨子里。今晚是出不了日野了，也多亏了这个越后屋重吉，人虽是不宽裕，但让我能有个伴。

“老爷，看这雪下的架势，明天咱们也赶不成路。今天咱们就先走到八王子吧。”

如他所说，也只能如此了。要穿过如此大雪走到八王子也绝非易事。天已经黑透了，道路夹在两排覆满白雪的屋顶之间，还算清晰可辨。家家檐下的灯笼都点了起来，晚归的车马铃声荡漾而来，真好似一幅浑然天成的雪景浮世绘。

“老爷，今晚还请务必一同投宿呀！”

重吉那小子一边踩着雪，一边不停地求着我，我倒是没什么异议。

“既然你都这么说了，我也不用一个人寂寞了。不巧的是我头一回来八王子，也不知道哪里有客栈可以投宿哇。”

“这有何难！这附近有家山甚客栈，我向来都住那里。”

说着他便把我拉到一家点着灯笼、说是新开张的客栈，门厅甚是宽敞，直通后面的厨房。我们一进门，柜台前蹭着狮咬式样的火盆取暖的掌柜还没来得及招呼一声“给客人准备热水泡脚”，米饭和味噌汤的香气蓄谋已久一般，直顺着水汽和热气一股脑地钻进鼻子。我们便赶紧脱了鞋子，提着灯笼的女佣将我们引到二楼的房间。先洗了个热水澡暖暖身子，接着两三杯烫酒下肚，再怎么严寒的天气都不怕了。只是越后屋重吉那家伙，喝了酒来了兴致，嘴就停不下来了。

“老爷，这酒还合您的胃口吧！这整个甲州除了这里，哪儿都喝不到这样的好酒呀！嘿嘿，虽然这么说土得慌，这与右卫门一般的女人缘我可是一直都没断过——”他说得起劲，眼角向下弯着，鼻头上的油脂闪闪发光，做作地对着面前摆成一排的长嘴酒壶，晃起凹陷的下巴就唱了起来，“老爷老爷您莫笑，且听小弟我来讲，有道是，流连酒肆过了火，惹出多少风流祸。”

我也是拿他没办法，看这架势只能等他睡着了才能清静，便不管他，只顾吃饭。

“明天还得起早，睡觉啦，睡觉。”我催促他。

于是他恋恋不舍地放下酒壶，终于躺下身来。他倒也省心，沾了枕头便打了个满是酒气的哈欠，又恶心地号了一句：

“惹出多少风流祸！”话音未落，鼾声便起，整个夜里，无论老鼠怎么闹腾，一次都没把他吵醒。

可我的不幸由此开始了。怎么说这都是我离开江户的第一夜，听着他的鼾声，倒显得周围越发安静，可奇怪的是我怎么也睡不着。外面的雪不见停，风卷雪片，拍打得窗户沙沙作响。旁边这一位也是绝了，梦里好像还在哼着歌。如今我一离开，或许也会有那么一两个夜不能寐的人吧——嘿，这连私房话都不算，脑袋里净是这些无聊的事，眼睛也一点合上的意思都没有，只盼着天快些亮起来。

就这么胡思乱想着，三更梆响，或许已经是四更天了。我也渐渐迷糊了起来，有了睡意。没一会儿我忽然睁开眼，似乎是老鼠把灯芯拽倒了，枕边的灯笼灭了。睡在我身边的那一位明明刚刚还鼾声如雷，现在却像睡死了一般，一点动静都没有了。我总觉得哪里不对劲，忽然好像有一只人手伸进我的被子里，好像在摸索我钱袋的抽绳。好家伙，真是人不可貌相，这个色鬼居然是个专门偷旅人钱财的东西！真是好大的狗胆，还敢和我一起喝酒。我越想越生气，等到那家伙摸到抽绳的结，我反手揪住他，一下子起身把他扑倒在地。那小子吓了一跳，趁着他慌不择路的时候，我用被子蒙住他的头，直接骑在他身上。那个没出息的东西在被子里七扭八扭，好容易把头伸出来，乌鸡打鸣一般地怪叫道：

“杀——杀人啦！”

好哇，贼喊捉贼是吧。开始就觉得你缺心眼，现在看来就是个孬种！我气不打一处来，抓起枕头就哐哐地朝他面门揍去。

这阵骚乱吵醒了周围的房客，客栈的老板和伙计都以为出了什么事，举着蜡烛咚咚地跑上二楼。一见那家伙气都喘不匀，头夹在我的裤裆下，一脸摸不着头脑的表情，所有人都大笑起来。

“老板，逮着个偷儿，大半夜的对不住了，也帮我跟外头的客人赔个不是！”其他我也没什么可说的，二话不说便把那家伙五花大绑，好像逮了只河童一般，推搡着押他到楼下。

山甚客栈的老板抓着我的手，不住赔礼道：

“哎呀，这都什么事呀！惊着您啦，好歹财物都还在，也是万幸。明早我们就把那小子押送官府，是我们招待不周，请您千万见谅啊！”

“嘿，是我自己不好，错把小偷当作旅伴，哪有怪您的道理！小小心思不成敬意，请帮忙的小伙子们吃碗热荞麦面吧！”

打发了老板，屋里就剩我一个人。反正客栈的流莺也不愿意来陪我，就这么抱着胳膊一个人挨在铺上也太不值当了。反正也睡不着，这时已是六更天，不如——虽然现在天还很黑，不如干脆早点走人来得妥当。我主意已定，便赶快收拾行李，下楼去结账。我轻声慢步免得打扰其他房客，刚要下楼，就发现楼下的伙计们都没睡，好像在聊着什么。谈话间隐约有你刚刚提到的那个鼠小僧，我觉得奇怪，放下肩上的行李，躲在楼梯口细听起来。宽阔的门厅之中，越后屋重吉那个孬种严严实实地被捆在柱子上，大咧咧地盘腿坐在那里。天井大灯的亮光之下两个伙计、一个账房，三人挽着袖子围在他身边。账房一只手拿着算盘，光头上还冒着热气，烦躁地说：

“真是！这么一闹腾，这种毛贼说不准能传成鼠小僧那样的江洋大盗呢！真的，等到那时候，这一条街的客栈的风评都得遭殃。与其那样还不如直接杀了好呢！”

旁边一个穿着马夫外套、留着一脸寒酸胡子的伙计瞟了那小偷儿眼说道：

“先生说什么呢，哪能有这么没边儿的事！这么个缺心眼的玩意儿，哪能成鼠小僧那样的气候！人家说偷儿都有几分狠劲儿，可您看他这德行！”

“没错，顶多是个黄鼠狼小僧！”一个摆弄着吹火筒的年轻伙计说道。

“谁说不是呢！这么个两面三刀的东西，想偷人家的钱袋没偷到，差点把自己的兜裆布赔进去！”

“偷路人的钱，还不如拿根棍子顶上抹点糨糊，和小孩子们一起去粘庙里功德箱的铜板呢！”

“嘿，那还不如往我家的小米地里一杵，当个稻草人呢！”

那个被众人笑话的越后屋重吉眨巴着眼睛，一句话也说不出来。那年轻人拿着吹火筒怼他的下巴，他突然抬起头，用江户方言大叫道：

“喂！喂！喂！哪个不知轻重的东西，你们当是跟谁说话呢，就在这里放屁！擦亮你们的狗眼，老子可是偷遍整个日本、有点名气的小偷。有眼无珠也得有个限度！几个乡巴佬还好意思在这里信口开河瞎嚷嚷！”

这可把几个人都说愣了。我也因那家伙的嚣张气焰暂缓了下楼的脚步，继续停在楼梯边观望。就连人看起来还不错的账房也捏着算盘愣在那里，不过那个看起来颇为硬气的马夫则捋着胡子、满不在乎地高声呵斥道：

“小毛贼还横起来了！在三年前那场大暴雨生擒雷兽的横山客栈勘太就是我，老子一脚就能把你踩死！”

“你们这些没见过世面的人，恐怕连六十六部经书的立山传奇[①]都没听过，还在这里吓唬人呢！掏干净耳朵听好了，大爷就给你们好好讲讲我的来头，权当大半夜的给你们提提神，也是糟践了！”

那小毛贼冷笑着，做出一副凶神恶煞的表情，颇有气势地叫骂，可他也冻坏了，亮晶晶的鼻水都淌了下来，先前被我打到的半边脑袋直到下巴肿得更加厉害，整张脸都歪了。那家伙侧了侧身，口若悬河地说着，把自己还是小崽子的时候做的恶事都抖了出来，倒是对这些乡巴佬起了作用。那个自称生擒雷兽的马夫渐渐蔫了下去，小毛贼见状，甩着下巴说得越发起劲，狠狠地瞪着三人：

---

① 旧时佛教徒抄写法华经六十六部，徒步背到日本境内六十六所名寺各献纳一部，这些佛教徒就被称为六十六部。立山山岳雄奇，神秘色彩颇多，佛教徒所经历诸山之中，立山的经历最为奇特。

“哼！你们可算是知道怕了吧！你们只知道蟊贼蟊贼地骂，也不看看面前的是谁！去年秋天那个暴风雨的夜里，你们以为是谁潜到那间村长的房间把所有钱财都偷了干净！”

“是你？偷了村长……”

这下不只账房，就连那个拿着吹火筒的年轻人也着实吓了一跳，大喊一声，连连倒退两三步。

“正是！此等小事都能把你们吓到，你们还是太嫩了呀！听好，前几日小佛岭有两个送钱的邮差被杀，你们以为是谁干的？”

那家伙吸溜着鼻涕，又漫无边际地吹嘘起府中的仓库被盗、日野客栈被烧、厚木街道被糟蹋的进山的女香客这些恶行皆是自己的手笔。说着说着，以账房为首的三人不知不觉地对那个孬种殷勤起来，尤其是那个大块头马夫，抱着满是蛮力的胳膊，目不转睛地盯着他嘟囔道：

“你可真是个恶棍哪！”

听到这里，我实在觉得可笑至极，差点笑出声来。那家伙酒醒得差不多了，也被冻得不行，牙齿不住打战，还在逞口舌之快，装腔作势地继续说：

“怎么样，知道老子的厉害了吧。要说老子的光辉事迹还远远不止这些，这次正是为了私房钱亲手勒死了家里老母，事情暴露才离开江户的。”

三人听得连大气也不敢出，看着那张肿脸，就像在看什么名角。真是蠢透了，我实在是忍不了，便顺着楼梯往下走了两三级，这时只听光头账房像是突然想起来什么，一拍巴掌大叫道：

“啊！我知道了！我知道了！莫非你就是那个传说中的鼠小僧？！”

听到这里我便改变心意，再一次停在阴暗的楼梯中段，打算静观其变。那蠢贼一听看了账房一眼，狂笑道：

“既然你猜到了那就没办法了。名震江户的鼠小僧就是我本人了！”

说到这里，那家伙连打了好几个冷战，接二连三地又打了几个扫兴的喷嚏，好容易摆的谱一下子白费了。尽管如此，三人还像听见了大获全胜的名摔跤手自报家门一般继续给越后屋重吉捧场：

“我也觉得是你！我横山客栈勘太生擒雷兽，能止小儿啼哭，可你见了我却一点都不打怵！”

“没错，你的眼光还挺毒。”

“真是的，所以我一开始就说这位是个独一无二的江洋大盗嘛。真可谓是弘法大师也有误笔，老马也能失前蹄。您要是这次不失手，整个二层的房客估计都得被您偷个精光啊！”不过，账房也只是嘴上百般奉承，丝毫没有解开他捆绑的意思。

蟊贼的气焰却丝毫不减：

“喂，账房先生，我鼠小僧能在你们这里住一宿，可是你们老板的福气。现在我渴了，你们客栈可要遭殃了呀，还不快给我上五合酒，用酒升递来就行啦。”

老老实实听这种蠢货的话，这账房也无疑是个蠢货。灯火通明下，光头账房真就打了五合酒喂给那小子喝。不仅是这客栈的众人，如今世间此等蠢货也不少，真是可笑啊可笑。为什么这么说呢？同样是恶人，强盗罪重于闯空门，放火罪重于扒手，照理说人们应该更加怜悯小偷小摸的人。可世人并不是如此，对最下等的赌徒嗤之以鼻，对招摇过市的恶人却礼遇有加。小蟊贼只配被胖揍一顿，鼠小僧却有酒喝。想来我若是做盗贼，也不会做蟊贼。我这样想着，也不想继续看热闹了，于是故意大声下楼，把行李往楼梯口一扔，说道：

“喂，账房先生！我准备早点出发，结账吧。”

光头账房尴尬得很，赶紧把酒升递给马夫，来回摩挲着胡子赔笑道：

“哎呀，这可真是急呀——还请您别见怪，之前——哎呀，您真是破费了——刚好这雪也停了——”

说的话前言不搭后语，我只觉好笑，便道：

“刚刚我恰好听到，这个蟊贼就是有名的鼠小僧？”

“是，说的就是呢——喂！赶紧把客人的东西早些拿过来。

您的斗笠和雨衣都在这里——说是个江洋大盗呢——好嘞，这就给您结账。”

账房为了缓解尴尬，一边呵斥着小伙计，一边小心翼翼地回身走进柜台，装模作样地叼着毛笔噼里啪啦地打起算盘。我先穿好草鞋，点起一袋烟。那蠢贼看上去又醉了，连那块斑秃都泛了红。不管怎么样他还是有些不好意思，一直不敢看我，眼睛一直往别处瞟。见他这个样子，我更觉得他可悲了，于是亲切地对他说：

“喂，越后屋老板！喂！重吉老板！别胡扯了，你说你是鼠小僧，这些乡下老实人会当真的，那可就不划算了。”

“什么？你说我不是鼠小僧？你知道些什么！我还一口一个老爷地喊你。”这个该死的还在演戏。

“这个嘛，你是言之凿凿，这些马夫和小伙计都能信你。不过听了这么久，大家应该也都听腻了。首先，如果你真是日本第一的江洋大盗，根本没必要尽数自己做过的恶事。你就这么逞能说自己是，被差人们听了去，会以为你是真的鼠小僧，到时候，轻则下狱，重则磔刑。怎么着，还说自己是鼠小僧吗？”

这下击中了他的要害，这个没出息的东西，脸上马上失了血色：

“对，对，真是对不住，我其实根本不是什么鼠小僧，就是个小蟊贼。”

“是吧，鼠小僧怎么会是你这种德行。不过又是放火又是闯空门的，你也真不是什么好东西，还是免不了掉脑袋呀。”我在门框上敲敲烟管，一脸严肃地吓唬他。

那家伙马上醒了酒，吸着鼻涕带着哭腔叫喊道：

“哎呀！那些都是我胡说的！就像跟您说的，我就是开杂货铺的，店名真叫越后屋重吉。每年来这边往返一两次，好的坏的传闻听了不少，随口就胡诌，这呀那呀的……”

“喂喂，你不是说你是个蟊贼吗，蟊贼开杂货店，这可是闻所未闻的事呀！”

“不不，偷人财物，今晚是头一次呀。今年秋天我老婆跟人跑了，那之后一直没好事。都说人穷志短，我也是一时起意，在这里给您赔罪啦！”

就算我是个蠢蛋，也能一眼看出来他不过就是个蟊贼。不过听他这么一说，我把烟管重新塞满烟叶，也颇为惊讶，没再说什么。只是那马夫和小伙计们气得不行，没等我上前阻止，便把那家伙拽倒在地，大声叫骂道：

“好哇！还敢耍我们！”

“看不撕烂你的狗嘴！”

于是，吹火筒和酒升便毫不留情地招呼上去。可怜那越后屋重吉，脸还肿着，又多了满脑袋大包……

三

“就是这样了。”

肤色略黑的微胖男子就此打住，端起了一直没动的酒杯。原先照在对面唐津烧瓦的铁墙上的余晖已然褪去，渐浓的暮色笼罩在那棵临水而立的柳树上。这时，三缘山增上寺的钟声响起。钟声里。栏杆之外带着海潮气味的空气静静地荡漾开来，秋意也仿佛在这一刻才姗姗来迟，拂过二人的胸口。随风飘荡的伊予苇帘、浜离宫外的森林里的乌鸦啼鸣、放在二人中间凉光闪烁的洗杯盆……过不了多久，女侍就会端着火红明亮的烛台从楼梯口出现。

穿着弁庆格子细布单衣的男子见状赶紧按住酒壶盖子，追问道：

“哎呀呀，真是不得了！他把我们日本盗贼的守护神鼠小僧当什么啦，我是不知道老大您，要是我，早把那小子揍翻在地了。”

“这倒算不得什么。就连那种蠢蛋也敢大言不惭冒充鼠小僧，大概鼠小僧最初的目的也达到了。”

“可是老大，被那种生瓜蛋子小贼喊出来招摇……”刺青花臂的小个子似乎还想争辩些什么，只见那个肤色略黑、穿着唐格子半天袄的男子面带微笑，悠悠道：

“总之，我说他如愿以偿，他肯定就如愿以偿啦。你好像还没明白，因为三年前名震江户的鼠小僧——”

男子端着酒杯，目光犀利地扫视四周：

“就是我，和泉屋的次郎吉。”

（大正八年十二月）

丝女纪事

秀林院夫人（细川越中守忠兴夫人，谥号秀林院殿华屋宗玉大姐[①]）离世之始末，现录如下：

一

庆长五年七月十日，时年正值石田治部少辅[②]叛乱。

小女父亲鱼屋清左卫门造访大阪玉造街细川府邸，进献秀林院夫人十只金丝雀。秀林院夫人素喜南蛮舶来品，自是爱不释手，小女亦与有荣焉。实乃府中所置诸物什多为赝品，未曾有货真价实者如

① 细川忠兴（1563—1646），安土桃山时代（1573—1603）武将。关原之战（1600）时，效力东军德川家康。德川家康一统日本后，分封四十万担。后皈依佛门，通晓和歌、典籍，嗜茶道；细川忠兴夫人，本名玉子，信奉天主，教名葛拉霞。关原之战时拒绝归顺西军石田三成，自杀身亡。在一些著作中称她为“才色双全”“贞烈之女性”。

② 石田三成（1560—1600），安土桃山时代丰臣秀吉手下武将。秀吉殁后，拥戴秀吉之子秀赖，为西军之首。1600年关原一战，与东军德川家康争夺天下，兵败被斩。

此雀般。

父亲此来，上禀夫人道："秋风渐起，请许小女婚嫁，暂归还本家。"

小女我侍奉夫人已有三年，夫人为人，断无柔婉可言，常念以贤德之姿示人为最要紧事。小女侍奉在侧，必得时时沉稳持重，总是压抑难挨。

闻父亲所言，小女自是喜不自胜，飘飘然直上青云。那日又听秀林院夫人道："日本女子浅薄无知，皆因不曾读过西洋书籍。"由此观之，夫人来世必将嫁于南蛮国之大名。

二

十一日，比丘尼名澄见者求见夫人。

此人如今在大阪城中攀权附贵，人脉极广。相传原是京都丝商遗孀，后又曾六度婚嫁，声名甚是狼藉。小女每每见之，便口里泛酸，几欲作呕，不胜其烦。

然夫人待之甚切，闲坐畅谈动辄便逾半日，引得我等一众女官颇为为难，究其原因，皆是秀林院夫人只听得奉承阿谀之词，而澄见那厮便常赞夫人美貌，称公卿诸位眼中夫人，芳龄必不过二十，言之凿凿，实是深谙此道。

然夫人尊容实在当不起如此盛赞，山根突兀，两颊又生雀斑。再者时年已三十有八，纵使夜观远望不甚明晰，也断不能看出二十岁之光景。

三

那日澄见求见，乃私受治部少辅所托，说服夫人撤入大阪内城。夫人虽托词思虑未曾万全不可轻易应允，实则毫无主意。澄见出，夫人即跪于马利亚大人像前，专念于功课“奥拉消[①]”，每隔一刻便诵一遍。“奥拉消”并非我日本词语，乃谓之南蛮诸国中谓之罗甸者之言语。传入我等耳中，唯余“诺思、诺思”之声，滑腔怪调，我等强忍捧腹，甚是辛苦。

四

十二日，诸事如常。唯夫人心情不悦。

但逢此时，待之儿媳与一郎少爷（忠兴之子，名

① 音译“奥拉消”与“诺思”，均为拉丁文。oratio 为祈祷之意，noster 意为“我们的”。

忠隆）之妻也是怨怼不断、言辞尖酸，我等更是唯恐避之而不及。今番便是刁难于一郎少夫人所受刁难妆饰过浓，旋即援引《伊曾保物语》[1]之孔雀篇，滔滔不绝，不见停歇。少夫人乃邻府浮田忠纳言夫人之妹，虽不甚聪敏，容貌却可与人偶名家之手笔相较，我等皆为少夫人不平。

五

十三日，小笠原少斋（秀清）河北石见（一成）两人来府求见。

男子入内府乃细川家大忌，幼童亦如是。故外侍者必先求于小女等，通传后方可入府，天长日久已成惯例尔。究其缘起，皆因三斋大人（忠兴）和秀林院夫人夫妇相妒。如此死板之法度，常为黑田府森太兵卫所哂。殊不知法度有之，变通亦有之，死板尚属言之过甚矣。

① 即《伊索寓言》，早在 1593 年日本便有耶稣会士翻译流通的版本，是罗马字拼音的口语译文。

六

少斋石见二人唤侍女名阿霜者出，耳语良久。听闻治部少辅命诸大名凡拥东军者奉上人质。传闻真假难辨，真有逼宫那日，望夫人先作示下云云。

阿霜入内谓小女："这帮看家的消息实在不通，澄见前日便提到此事，哎呀呀，可教我怎么通传。"

正是。此等风传在我等耳中早成旧闻，凡有消息必先入小女等耳中，远速于过外侍诸人。少斋乃墨守成规的老者，石见也不过一介武夫，为二人通传本是情理之中，然长此以往，府中每每言及旧闻，用"外侍皆知"代之"尽人皆知"，指日可待矣。

七

阿霜当即通传夫人，夫人言下之意，治部少辅同三斋大人一向不睦，若人质一事所言非虚，本府定首当其冲。一旦本府无须首先送出，便可效仿他府。若需本府起头，便交由少斋和石见二人定夺。二人本求夫人定夺，纵夫人言不及义，阿霜亦慑于夫人威势，不敢不如实转达。阿霜退回后厨，夫人再度跪于马利亚大人像前，诵“诺思”之功课。新召侍女名叫阿梅者嗤笑出声，竟遭鞭笞。

八

少斋石见二人得夫人如是答复，自是困惑难解，仍对阿霜道：“若治部少辅遣人催促，便以与一郎和五郎（忠兴之子，名兴秋）二位少爷皆随东军开拔，内记少爷（忠兴之子，名忠利）作为质子身在江户为由，推托府中无人；若遭强迫，便让他们遣人请示田边城（舞鹤）幽斋大人（忠兴之父，名藤孝），夫人意下如何。”

夫人交由二人定夺，可此般计较如何算得上定夺！且不论二人位高权重，但凡武士略有见识者，理应请夫人退居暂避如田边城之所在，让小女等仆从各自逃命，死守内府之重任交由二人即可。动辄以“无人可交”打发对方，短兵相接便再自然不过，届时小女等皆受牵连，实乃冤孽。

九

阿霜再度禀告夫人，夫人未作应答，口中一味重复“诺思、诺思”，片刻后稍加正色答允。

留守的二位大人未曾请夫人离府回避，夫人自难请退。二人如此无能，恼得夫人气结难消。其后对小女等更是斥骂不断，每每援引《伊曾保物语》，或蛙，或狼，骂得我等比之人质尚且不如。尤其骂到小女我头上，蜗牛、乌鸦、猪、小乌龟、棕榈树、狗、蝮蛇、野牛、病秧，如此种种，仿若投胎再世也难摆脱，属实难挨。

十

十四日澄见来，再提人质事。

夫人之意，乃不得三斋大人许可便绝不出人质。然澄见以为，夫人谨遵三斋大人之命可谓贤德无比。然此乃细川府之大事，纵使不退入内城，退居邻家浮田中纳言府中最为适宜。浮田中纳言夫人乃与一郎大人之妻姐，由此因缘，想必亦不会见罪于三斋大人，如此甚好。小女虽厌极了澄见，但其今日所言实是在理。若避至浮田中纳言大人府上，首先名正言顺，其次小女等亦可保命。此乃无上之妙法矣。

十一

夫人却道，浮田中纳言大人虽与本府有姻亲，却早听闻其仍属治部少辅党羽。归其府上，亦难掩人质之实，万不可答允。澄见颇费一番口舌，夫人却毫不为所动，澄见之妙计亦归于泡影。夫人一时亦提及孔子、“伊曾保”、弟橘姬[1]、基督种种和汉乃至南蛮国度之寓言，能言善辩如澄见者，恐也得甘拜下风。

十二

今日傍晚，阿霜满面戚戚，讲于小女，说见有金色十字架，于庭中松梢落下，宛若梦中之景。阿霜生得一副近觑眼，又胆小怕事，平日常为我等取笑。小女以为只是她将天上明星错看作十字架，不信也罢。

---

① 日本神话人物，日本武尊的妃子。相传武尊东征时，于相模海上遇到风浪，为平息海神之怒，弟橘姬纵身跳入大海，替武尊献出了生命。

十三

十五日澄见复叙前言，然夫人心如磐石，既定之事断不可转也。澄见怒而离府，扬言道：“夫人自己也心焦难抑吧，看您的尊容，难说也有四十啦！”

夫人气急败坏，不许小女等再为澄见通传。夫人该日之“奥拉消”功课，增至一刻钟一次。眼见私了不成，府中上下人心惶惶，阿梅脸上竟也渐渐失了笑容。

十四

今日河北石见、稻富伊贺（祐直）口角，皆因伊贺善炮术，弟子众多，声名在外，少斋、石见二位大人难免妒忌，争一时长短亦常有。

十五

今日夜半，阿霜梦见敌军攻入府中，惊惧难安，肝胆俱裂，大声疾呼，于廊下狂奔四五个来回。

十六

十六日巳时，少斋石见二人再请阿霜通传，方才治部少辅正式通牒，请本府交出夫人作为人质，否则当即闯府押人。

实乃不知天高地厚，二人纵切腹抵命，也断不会交出夫人。然真有不测，也请夫人做好自绝准备。恰逢少斋苦于掉牙肿痛，便由石见代为转述。然石见怒火攻心，说话间气怒至意欲砍死阿霜泄愤。这一段详见阿霜之记录。

十七

秀林院夫人仔细听罢，便召集少夫人到内室详谈。其后方知夫人竟劝少夫人一同自绝。

小女实在为少夫人悲哀，本府落到这般田地，皆因留守诸武士皆是无能之辈，再者又和秀林院夫人之脾性脱不得干系，何愁没有死路可寻呢？夫人既劝少夫人一同自绝，我等下人恐也性命难保。贵人心意实难揣测，正当小女疑惑之时，夫人将我等悉数传召至跟前，只得悬心前去。

十八

片刻我等皆聚于夫人跟前。

夫人谓众人道："如今，往'帕拉索[1]'之极乐世界的时日已近，吾心甚悦。"然夫人此时面色发青，声音颤抖，可见所谓喜悦必不是发自真心。

夫人又道："唯尔等黄泉路上，定有层层阻碍。愚昧不知皈依天主，未来堕于'阴荷鲁诺[2]'之地狱，沦为恶魔饵食。特命尔等今日起洗心革面，悉听天主教导。否则便同我一起自尽，脱离秽土。届时便求请阿路堪乔[3]（大天使）敬告耶稣基督，许我等共沐天国庄严。"

小女等登时感激涕零，呜咽不断，异口同声，自请皈依天主宗门。夫人闻之甚悦："如此尔等黄泉路上障碍尽除，一切顺遂，便无须为我做伴了。"

---

① 西班牙语"Paraiso"的音译，意为天国。

② 英语"Inferno"的音译，意为大火、地狱，地狱之义引申自拉丁语源。

③ 葡萄牙语"Aichanjo"的音译，意为大天使。

十九

夫人各留与三斋大人和与一郎少爷遗书一封，皆交由阿霜递交。随即以不知名之南蛮文字，修书与京都神父名格里高利者交与小女。信上文字至多五六行，夫人执笔却足足一刻有余。小女登门时，一位日本伊路蛮（修士）庄严道："自害乃天主宗门之大忌，秀林院夫人恐难升入'帕拉索'之天国。若行弥撒祈祷，必能成广大功德，免堕恶道。若行弥撒，请赐一枚银币。"

二十

约在亥时，敌人攻入。照例河北石见守于正门，稻富伊贺守于里门，小笠原少斋则把守内院。得知敌人攻入，夫人遣阿梅去请少夫人，却发现早已人去楼空。夫人大怒道："我生来得曾与太阁殿下对峙山崎的父亲惟任将军光秀爱护，死后也必升入天国回归圣母马利亚膝下。未料因此等小门小户微贱之女，临终之际受此奇耻大辱！"

二十一

小笠原少斋身着蓝绳系就之铠甲，手提小薙刀，准备为夫人介错，其后亦会切腹自绝。

少斋牙痛仍未痊愈，左颊高高肿起，纵然一身披挂，却无丝毫武者威严。少斋称入内室多有不妥，自请留于门槛外为夫人断首。

府内侍者早已尽数奔逃，观仪重任则落于小女与阿霜肩上。夫人应允。阿霜后日提及，自夫人嫁入细川府，除大人少主，再未见过其他男子，少斋乃第一位。

介错之时已到，少斋脸颊尚肿，双手撑地行礼，称时辰已到。因其口齿不清，夫人一时听不真切，命其高声禀告。

二十二

当是时，一身披葱绿绳结系就铠甲之年轻武士，手提大刀奔入内院，称稻富伊贺已反，敌人拥入后门，请夫人早做决断。夫人右手绾起长发露出脖颈以示赴死之决心。许是在年轻男子面前，难免羞涩，一时间面色飞红至耳根。小女生平侍奉夫人，从未发现夫人竟如此美丽。

二十三

小女等逃出府门之时，内宅已然起火。聚集正门者众，却非敌军，乃受火光吸引的好事之徒。敌军早在夫人自绝前便已撤去。如此种种皆乃日后听闻。

秀林院夫人之死，大抵如上所述。

（大正十二年十二月）

二
偷盗

一

“老太！猪熊[①]老太！”

朱雀大街和绫小路交会处，一个二十岁出头、身穿老土的绀色水干、头戴软乌帽子的丑陋独眼武士，举着薄骨折扇，朝经过的老太婆呼喊道。七月盛暑之下，天空的云彩被无限拉长，压在家家户户的屋顶之上蒸腾着，让人喘不过气来。男子所立的十字路口处，有一棵枝条稀疏的细高柳树，好像也患上了最近流行的疫病，投在地上的影子干枯单薄，被暑气蒸干的叶子纹丝不动。酷暑之中，风似乎也静止了。而日光直射的大路上更是人迹全无，只有刚刚经过的牛车留下的长长的弯曲车辙。有一条小蛇被轧进车辙中，伤口处豁开泛青的肉。开始它

① 猪熊，地名，位于京都市西大宫与堀川之间。

的尾巴还一下一下地抽动，渐渐地，那肥厚的白肚皮终于朝上翻了过来，连鳞片也不再颤动了。蛇的伤口逐渐有腥臭的腐水流出来，放眼望去，在这火烤一般的大路上，倒成了唯一一点湿气。

“老太！”

“……”

老太婆慌忙回过身来。她今年大约六十，身穿满是脏污的桧皮色麻布单衣，一头散乱的黄毛，脚底趿着的草鞋只剩下半截，手里拄着蛙腿样的拐杖，圆溜溜的眼睛，一张大嘴，活像只癞蛤蟆，一看便知是个粗鄙的老婆子。

“哎呀，是太郎呀！”老婆子撑着拐杖，倒退了两三步，先舔了舔上嘴唇才应声，那声音就像被灼热的阳光噎住了一般。

“有什么事呀？”

“没啥，”独眼武士那张长满淡淡的麻子的脸扯出一丝干笑，故作轻松地说道，“就是……沙金呢，最近都在哪里？”

“你只要有事，那肯定就是我闺女的事。我老婆子的鸡窝里飞出了只金凤凰啊！”猪熊老太鄙夷地翻起嘴唇讥讽道。

“也不算什么事，就是今晚还不知道怎么安排的。”

“什么呀，老样子，亥时上刻，罗生门集合，老早就定下来的规矩。”

老婆子一副贼眉鼠眼的样子，看四周并没有其他人经过，便放下心来，又舔了舔肥厚的嘴唇说道：

“宅子里的情况我女儿大概都探听出来了，那群武士也没有一个是手脚利索的。具体情况今晚我女儿会说的。”

听到这里，太郎放下手里遮阳的扇子，撇了撇嘴嘲讽道：

“所以沙金又和那里哪个武士勾搭上了？”

“什么呀，她是扮作小贩去探听到的。你呀，还是老样子，太多疑了，所以我女儿才讨厌你，小心眼儿也得有个限度。”

老婆子嘿嘿笑着，稍稍抬起手里的拐杖，一下子扎穿了路边那条死蛇。不知何时聚集而来的绿蝇哄然飞散，不一会儿又重新落了回去。

“你要是还不好好的，她可就被次郎抢走喽。抢走倒没什么，只不过别的麻烦也少不了。到时候老头子也会坐不住，更别说你了。”

“我都知道。”叫作太郎的武士板着脸，一副不耐烦的样子，朝柳树根吐了一口唾沫。

“你可什么都不知道。现在没什么事，你就这个德行，你发现老头子和沙金的关系的时候，就跟发了失心疯一样。那时老头子要是再较真一些，就要跟你拼刀子了。”

“都是一年前的事了。”

“几年前都一样。都说只要做过一次的事，就还会有第二次、第三次。要真是只做三次倒还好了，像我都到了这个年纪，同样的傻事都不知道干过多少回了。”说到这里，老婆子露出参差不齐的牙齿笑了。

“不开玩笑了。今晚可是要对上那个藤判官，做好准备了吧？”

太郎被日光炙烤的脸上出现了焦躁的神色，转换了话题。这时，一朵云刚好遮住了太阳，周围一下子暗了下去，只有那条死蛇白亮的腐肉比之前更加刺眼。

“什么藤判官，说穿了就是四五个青瓜蛋子，这么多年我这身本事可没丢！”

“嚯，老太好气势！那咱们有多少人手？”

“和以前一样，二十三个男的，再加上我家女儿。阿浓那个身子，就让她在朱雀门等着，该干什么干什么。”

“这么说来阿浓快生了？”

太郎的口气里又带上了讥讽。几乎与此同时，遮住太阳的那朵云消散而去，大道上又变得和之前一样亮得刺眼。猪熊老太直起腰，磔磔大笑了好一阵子，那声音就像专在黎明时分出现的乌鸦。

“那个傻子，到底是被谁占了便宜——不过阿浓一直对次郎那小子一心一意，该不会是他？”

“你管是谁的种呢，总之那副身子现在干什么都不方便。

其实也不是什么都干不了，可她就是不懂事，结果就只能我一个人去安排人手。真木岛的十郎，关山的平六，高市的多襄丸，还得去一趟三轩——哎呀，跟你磨牙这工夫，都到未时了。你也听腻我这老婆子唠叨了吧。”老婆子动了动手里的蛙腿拐杖。

“那沙金呢？”太郎的嘴唇微不可见地抽动了一下，可老婆子并未察觉到。

“现在应该在家里睡觉吧，昨天她才回家。”

叫作太郎的独眼武士瞧了一眼老婆子，低声说道：

“那就天黑之后见。”

“知道了。你也好好睡一觉吧。”

猪熊老太利索地答罢，接着便拄着拐杖走开了。太郎的额角早已满是汗珠，望着那猴子一般裹着暗红麻布单衣、趿着半截草鞋，冒着大太阳沿着绫小路往东走去的身影，他的神情变得凶狠起来。他又朝柳树根吐了一口唾沫，脚跟一下一下来回碾着地上的痕迹。

烈日之下，那条死蛇周身仍然不断有绿蝇“嗡嗡、嗡嗡”地聚集而来，不时被惊飞，又一次一次地落回……

二

汗水浸透了猪熊老太焦黄的发根，她拄着拐杖一步一步地往前走，脚边激起夏日干燥的扬尘。这条路早就走习惯了，可周围的一切都和自己年轻时相比大不相同。她想起自己在台盘所[1]当侍女的时候，被那个和自己身份相差悬殊的男人哄骗，最后生下了沙金。如今的京都只是徒有虚名，当年的胜景早已荡然无存。当年牛车往来不绝的大道上，如今只有蓟花寂寥地开在烈日之下。无花果树青涩的果子结在断壁残垣之间，成群的乌鸦白日便聚集在干涸的池子里，一点都不怕人。不知不觉自己也白了头发、成了腰也直不起来的老太婆。京都不再是当年的京都。自己也不再是当年的自己。

① 贵族家的厨房。

然而，虽然自己老了，性子却丝毫未变。还记得起初发现女儿和现在的丈夫的关系时，自己哭着大吵大闹。可现在想想，这都是理所当然的。杀人放火也好，打家劫舍也罢，只要习惯了都能当作营生。自己如今已经感受不到任何痛苦，一颗心早就如同京都大路小路上的野草一般荒芜。如此看来，变了的一切却也没变。如今的女儿和当初的自己所做的事竟然如出一辙，那个太郎和次郎的所作所为，也一定和丈夫年轻时没什么两样。人就是这样，一直重复着同样的事情，果然，京都还是当年的京都，自己也还是当年的自己……

猪熊老太这样想着，一种茫然的情绪浮上心头。或许是为伴随茫然而来的寂寥所动摇，那双圆眼变得柔和，癞蛤蟆般的脸也松弛下来——突然，那张满是皱纹的脸焕发出生气，老婆子又拄着拐杖加快脚步，继续前进。

她也确实该加快脚步。道路前方大约四五间远的地方，有一处废墟（从前应该是宽敞的庭院），将大路和远处长满的狗尾巴草的荒地隔开。断壁残垣之中，有两三棵茁壮过了头的合欢树，满树含苞待放的红色花苞，掩映在日光炙烤下的苔色泥瓦之上。而树与树的空地之间，有一间用四根枯竹和破席搭就的奇怪小屋，恹恹地立在那里——无论从地点还是状态来看，这都是一间乞丐住的屋子。

而老婆子留意的，是抱着手臂站在屋门口的那个十七八岁、一身枯叶色水干、腰里横挎黑鞘太刀的年轻武士。他不知为什么，正专注地望向屋内，眼角眉梢还带着孩子气。老婆子一眼就认出他是谁。

“干什么呢，次郎？”猪熊老太走到他身边，拄着拐杖仰起头，伸着下巴问道。

被叫作次郎的那人吓了一跳，转过头来。只见满头黄毛的癞蛤蟆脸老婆子舔着嘴唇，便微笑起来，露出一口洁白的牙齿，指向屋里，没有说话。屋里铺着一张破席。有一个年近四十的小个子女人枕着石头横躺在席子上，浑身赤裸，只在腰间盖了一件麻布汗衫。只见她全身水肿，黄亮紧绷，好像只要用手按一下她的胸腹，便会有混着脓的血水被压出来。就着从四面垂下的破席透进的日光看去，她的腋下和脖子上长着一块块烂杏般的黑斑，不断散发出不可描述的异臭。

女人枕边放着一只有缺口的泥碗（碗底还沾着一些饭粒，应该是之前盛过粥），应该是被谁扔了之后，又在里面恶作剧似的整整齐齐码放了五六块沾满泥的石块。石块之间还插上了一枝花叶干枯的合欢花，应该是在模仿在高脚漆盘底铺上色纸、装饰假花的情趣吧。

一向大胆的猪熊老太一看那个女人便沉下脸，后退了两步。刹那间，那条死蛇浮现在她的脑海中。

“这怎么回事，这人是得了什么传染病吧。”

“是呀，应该是住在附近的人，没救了就被扔出来了。谁摊上这种事都难办啊。”次郎又露出一口白牙微笑起来。

“你是看到她被扔出来了？”

“怎么会，我是刚刚经过这里，看见两三条野狗好像要吃了她饱餐一顿，就拿石头把它们都赶跑了。要是我没过去，可能一条胳膊都被野狗吃了。”

老婆子把下巴抵在拐杖上，悄悄观察起女人的身体。刚刚被狗咬到的地方应该就是那里——斜伸出破席露在地上、水肿成土黄色的两只胳膊上，还留有三四道又深又窄的紫色牙印。可那女人仍然双目紧闭，连是否还在喘气都看不出来。老婆子再度感到极度不快，就像面门挨了一巴掌。

“到底还有气没有，该不会已经死了吧？”

“是呀，死没死呢。”

“这人也痛快了。死都死了，被狗吃了不也挺好的吗？”老婆子说着远远抬起拐杖捅了女人的脑袋一下。女人的头便从枕着的石头上滑下来，歪在破席上，脑后的头发带下一把沙子。女人还是没有睁眼，脸上的肉动也没动。

“你捅她也没用的。刚刚被狗咬的时候也是没反应。”

“那就是死透了。”

“就算死了，被狗吃掉也太说不过去了。”次郎第三次露出白牙微笑道。

“有什么说不过去的，死都死了，被狗吃也不会觉得痛。”老婆子撑着拐杖直起腰，瞪圆了眼睛眨巴眨巴，又嘲讽般说道：“与其这样半死不活地吊着一口气，不如被野狗一口咬断脖子吃了来得痛快。就她这样子，本来也没几天活头了。”

“反正，不能眼看着人让狗吃了呀。”

“你们杀人的时候，可是都心安理得地眼看着对方断气哪。”猪熊老太舔了舔上嘴唇，不管不顾地说道。

“那倒是。”次郎搔了搔鬓角，第四次露出白牙微笑道。接着看向老婆子和气地说道：

“老太要去哪里？”

“真木岛的十郎、高市的多襄丸那里。——啊，对了，关山的平六那边，你去捎个信儿。”说话间，猪熊老太已经迈出两三步。

“嗯，我去。”次郎终于离开了小屋，和老婆子并肩走在烈日灼灼下的大路上。

“看了那东西，整个人都晦气得不行。”老婆子的脸做作地纠成一团，“嗯，你知道平六家吧。一直往前走，在立本寺门口左拐，就是藤判官的宅子，平六家就在那间宅子前面刚好一町[①]远的地方。你顺便在宅子那边转一转，为今晚做准备。”

---

① 町，日本长度单位，1町约合109米。

“我就是这样打算的，所以才来这边。”

“是吗，那你还算有点脑子。要是你哥哥来，凭他那副长相，稍有差错就会被发现，根本不能露面，你就没问题。”

“哎呀，能从老太嘴里听到我哥哥，真是难得。”

“说什么呢，我平常说得最多的就是他。要是我家老头子在，还得说些不好对你说的话。”

“那是因为有那件事在。”

“就算是这样，我也不能说你的不是。”

“老太您还是把我当小孩子看。”

二人就这样一边闲聊，一边慢慢走在狭窄的小路上，每往前走一步，眼中的京都便多一分荒凉。家家户户之间杂草丛生，遍地都是倒塌的旧矮墙。还能看到几棵幸存的松树和柳树，可空气中若隐若现的尸体的气味，无不在昭示着一座大都市的消亡。一路上他们只遇到了一个活人，还是一个手里套着木屐、只能爬行的乞丐……

“不过，你可得小心点，次郎。”太郎的面孔浮现在猪熊老太的眼前，她不由得苦笑道，“你哥哥也迷上我女儿了。”

然而，次郎对这句话的反应比她想象中更大。他不快地垂下眼睛，紧皱的眉头上有阴云聚集。对方情绪急剧地转变，着实让老婆子有些惊讶。她又舔了舔上嘴唇，喃喃道：

“我这里也会小心的。”

“就算再怎么小心——再怎么小心，终究我也没办法改变哥哥的想法。”

“也不是让你改变。其实我今天也见到我女儿了，告诉她今天未时下刻在立本寺门前等你，你也快半个月没见到她了。要是太郎知道了，还得和你干一仗。”

次郎没说话，只是焦躁地不断点头，像是想要打断老婆子没完没了的唠叨。可猪熊老太却没有就此打住的意思。

“刚才我过来这边之前，在对面的路口见到太郎了，也是这么跟他说的。这样下去非得自己人和自己人动起刀子不可，真到了那个时候伤了我的女儿可怎么办，我就是担心这个。我女儿就是那个脾气，太郎也是一根筋，我就只能拜托你了。毕竟你心肠好，都见不得狗吃死人。”

老婆子这样说着，又故意放声怪笑起来，就像在自顾自强压心中不知不觉间升起的不安。次郎仍是沉着一张脸，不知在想什么，只是低头赶路……

“别把事情闹大就好哇。”

猪熊老太一边加快脚步，一边真心诚意地祈祷起来。

与此同时，三四个街上的小孩用树枝挑起那条死蛇，从躺着病人的那座小屋前经过。其中一个调皮的孩子远远地弯下腰，把死蛇往女人头上扔去。泛青肿胀的蛇腹刚好落在女人的脸颊上，腐水顺着尾巴一点点流淌下来。一见得逞，那群孩子先是一阵欢呼，又因为害怕一哄而散。

就在这时，刚刚为此还像死了一般的女人猛然掀开她浑黄的眼皮，腐坏的蛋清一般的眼球怔怔地盯着天空，一只沾满沙土的手指颤了一颤。从她干哑的喉咙深处传来一声微响，分不清是呼吸还是叹息。

三

和猪熊老太别过后，太郎也顾不得找什么阴凉处，一边用扇子扇扇风，一边往朱雀大街以北走去。日值正午，街上的行人少得出奇。一名戴着绫兰斗笠的武士骑着配有平文漆鞍的栗色马悠悠走过，身边跟着的侍从背着装有盔甲的箱奁。勤劳的燕子不断穿梭在大道之上，掠过沙土，在空中亮出雪白的肚皮，飞回由厚板或杉树皮搭就的屋檐下、各自的巢中去。成堆的枯云凝然不动，金银铜铁都能熔在里头。道路两旁的人家更是一片沉寂，让人不由得怀疑，那一扇扇格子窗、一张张苇帘背后，整个京都的人是否都已经死绝了。

听猪熊老太的意思，还是要趁早把沙金从次郎那里抢过来——那女人连自己的养父都不会拒绝，弟弟一张脸鼻子是鼻子、眼是眼，生得端正，不像自己这么丑，满脸麻子还少了只眼睛，沙金对他动心思也是理所当然的，想想也真让人嫉妒。只是，次郎小时候就一直很尊敬自己这个哥哥，他绝对会考虑到哥哥的心情，就算沙金先出手，他也会谨慎处之，不会被诱惑的，自己一直都是这么想的。不过如今看来，这也是自己一厢情愿的想法，还是太过高看弟弟了。不过，就算是不算高看了弟弟，也是低估了沙金那女人狐媚的好手段。栽在她手里的男人，比这大热天里满天飞的燕子还多，次郎不是唯一一个。虽然说了这么多，自己何尝不是其中之一呢，仅仅见了那女人一面，直到今天都不可自拔……

走到四条坊门前的十字路口，一辆系着红色饰带的女车安静地从太郎身边驶过。看不清车里的人，从垂下车帘的凉爽轿内，有深红渐变布料的裙裾显露出来，成为这满目荒凉的大街上唯一一点惹眼而魅惑的存在。随车而行的牵牛童子以及身穿杂色便服的侍从，都一脸不耐烦地看向太郎。只有那头牛，低头卖力地耸动漆器表面一般黑油油的背，慢悠悠地迈着步子。可正沉浸于一系列推论的太郎并没有注意到这些，只觉车的金属把手反射的日光格外刺目。于是太郎暂时停下脚步，等车过去后，默默垂下仅剩的那只眼睛，再次迈开步子。

【从右狱被放出来，好像是已经过去很久的事啦。就连自己都觉得，如今的我和当年已经完全不一样了。那时候，自己礼佛不忘三宝[1]，行事谨遵王法。现如今，连偷盗的勾当都干。有时候还会放火，也杀过几次人。啊啊，当年的自己，和同伴一起被放出来的话，都会去耍色子玩个痛快。那个当年的自己，看到现在的自己，不知道该有多惊讶呢。

说来那女人因偷盗罪被抓到检非遣使那里，下了右狱，也已是一年之前的事情啦，现在想想就像发生在昨天。隔着牢房的栅栏，我们就聊起天来。聊着聊着，还真聊到一块去了，不知不觉各自讲起自己的身世来。最后猪熊老太领着强盗同伙把她救了出去，自己也就当没看见。那晚之后，又去了猪熊老太家几次。每当快到的时候，都会看见沙金正透过家里上半块支起的格子窗，望着暮色时分的街道。她一看见我，就会学几声老鼠叫，示意我进来。家里除了那个傻女人阿浓，谁都不在。这种时候，沙金便会放下格子窗，给三脚灯台点上火，在底下垫了不知几层的草席上，摆好托盘和餐台，一起小酌一番。整夜里哭哭笑笑，吵吵闹闹，再和好如初，就像世间所有恋人所做的一样。

---

① 佛教以佛、法、僧为三宝。

整整一个月的时间，自己都会在黄昏时分造访沙金的家，一直待到第二天天亮。渐渐地，沙金不是猪熊老太和现在的丈夫生的孩子，如今她已然是二十多个强盗的头目，时不时就会带着手下在京都大闹一通，与此同时，她仍然困在如同傀儡一般日日出卖肉体的日子……这一切都在心里明了起来。可是她带来的印象，没有丝毫下流卑贱之感，她就像草纸话本里走出来的、头顶神奇光环的人。当然，她曾好几次想要拉我入伙，可我一直都没答应。就因为这个，她总说我是胆小鬼，是傻瓜，一听就火大……】

“驾！驾！”

太郎被策马的声音吓了一跳，慌忙让到路边去。一个身上套着汗衫的伙计大汗淋漓地赶着马从三条坊门十字路口出现，顺着炎热的大路南下而来，马驮着四个米袋，各搭在左右两边。马的影子在地上烧出黑漆漆的印子，一只燕子扑棱着翅膀，飞出房屋梁柱间的交叉支撑，跃上云霄。接着又像抛上天空的石子一样直落下来，几乎是贴着太郎的鼻尖，在空中画了一道直线，又一下子钻到对面一片式房檐下架出来的二层小仓房里。太郎一边走着，一边啪嗒啪嗒扇着黄纸扇子，又想道：

【日子一天天过去，我偶然发现了沙金和她养父的关系。沙金自己也不是不知道，光凭我一个人是没法让她自由的。她经常骄傲地跟我列举那些和她有染的公卿、高僧的名字。不过，我是这么想的：虽然不知有多少男人占有过她的身体，但是她的心只属于我。没错，她的贞操并不存在于她的肉体——我用这样的信念抑制自己的嫉妒。纵使这可能也是那女人潜移默化给我灌输的想法，但也能让我苦涩的心时不时尝到一丝甜头。但是她和她养父之间，是另一回事。

发觉他们之间的不对劲时，总之我就是很不痛快。干这种勾当的父女，千刀万剐都不为过。而沙金的亲娘，猪熊老太竟然能视而不见，更是畜生不如。看着那醉醺醺的老头子，我不知道多少次想要拔刀砍过去。但只要在我面前，沙金总是格外过分地愚弄她的养父。这种明显有意为之的举动，却不可思议地让我的愤怒缓和下来。“我不知道有多讨厌父亲。”只要听她这么说，自己对她养父和她的恨意就立刻烟消云散。所以直到现在，自己和她养父虽然互看不顺眼，却也相安无事。要是那老头子稍微更有种些，不，要是自己更有种些，我们俩之中，肯定有一方早就没命了……】

这时，太郎抬起头来，发现自己不知不觉已经转过了两条大路，踏上了那座架在耳敏川上方的小桥。干涸的河道中，只剩窄窄的水流反射着日光，就像精心煅烧的太刀，水流轻微的声响缓缓地穿过河道边的一棵棵叶柳、一座座人家。远处河流的下游，有两三只黑色的水鸟，太郎正猜想可能是鱼鹰，却被一群孩子打断了思路。他们全身湿淋淋的，大概是在玩水，河水上流动的光随即被打得粉碎。

太郎一下子想起小时候的事情。领着弟弟在五条大桥下钓桃花鱼的记忆，跟随漫天暑热里钻出来的微风飘然而至，带着些许悲哀与怀念的味道。

然而，弟弟也不是曾经的弟弟了。

太郎过了桥，那张满是淡斑的脸上开始有狠辣的神情浮现。

【那时候，弟弟还是前任筑后[①]守手下的小舍人[②]，被人怀疑是强盗，下了左狱。我作为放免[③]，自然比谁都了解狱中的辛苦。一想到弟弟年幼，身子

① 筑后，日本旧国名，在今福冈县南部。

② 小舍人，公卿等的小差役。

③ 日本古代检非遣使厅的差役，负责搜捕、押送犯人。

骨还没有硬实起来，我焦灼得就好像下大狱的是自己。于是我和沙金商量，那女人却一派轻松地说:“去牢里把他劫回来不就成了？”一旁的猪熊老太也极力附和着。最后我终于下定决心，和沙金一起召集了其他五六个强盗，那天夜里便闯进狱中，把弟弟救了出来。现在我的胸口还有那时留下的伤疤。在那次劫狱行动中，我平生第一次杀了人。那是一名赦免，至今他的惨叫、血的气味还顽固地留在我的记忆中。现在在这蒸煮一般的暑热里，那种感觉依旧无比清晰。

第二天开始，我和弟弟就躲在猪熊小路沙金的家里避人耳目。只要犯过一次事儿，那之后无论是好好过日子，还是为非作歹，在检非遣使眼里都是一样的。反正最后都是一个死，还不如能多活一天算一天。于是我和弟弟终于在沙金的劝说下，加入了强盗团伙。打那之后，我就成了杀人放火、无恶不作的歹人。一开始自然是怕的，但一旦动起手来，却一点儿犹豫都没有。不知不觉我也开始觉得，作恶或许是人的本性也说不定……】

太郎几乎是下意识地从十字路口拐过。十字路口处有一座外围用石头围起来的土坟，坟上两座石碑并列立在午后的阳光下。石碑底下有几只如煤炭一般焦黑的蜥蜴，恶心地粘在石碑底座。可能是被太郎的脚步声惊到，还没等太郎走近，便哄然四散无踪。而太郎并没有心思理它们——

【我做的恶事越多，就越发在对沙金的爱意里难以自拔。杀人也好，劫掠也好，都是为了那个女人——就连劫狱救次郎，除了担心次郎之外，也是怕沙金嘲笑自己连唯一的亲弟弟都可以见死不救——越这么想，我就越不想失去她。

可那个沙金，就是被我一母同胞的弟弟抢走了。被我赌上性命救回的弟弟抢走了。虽然现在也不能完全确定是已经被抢走了，还是要被抢走了，无论沙金平常如何勾搭男人，我都未曾怀疑过她的真心，默认她是在为自己不太光彩的营生铺路。所以她和她养父之间的不清不楚，我也只当是那老头子借着自己所谓父亲的威势，在沙金还不谙世事的时候便诱惑了她，睁一只眼闭一只眼就过去了。可次郎的事不一样。表面上看，我和弟弟的性格截然不同，但实际上只要细细观察，我们的性子都是一样的。不过就是七八年前我生的疱疮要比弟弟的更重，弟弟生得轻些；我天生不足，少了只眼睛，而弟弟天生就是个眉眼端正的美男子。可现在是独眼又丑陋的我赢得了沙金的心（这么说可能有些自恋），毫无疑问，这是我这个人灵魂的力量决定的。同时，这个灵魂的力量，我的同胞弟弟也同样持有。然而在这之上，谁都看得出来弟弟要比我英俊，那么沙金被次郎吸引也是理所应当的事。进一步来讲，与我相比，次郎是一定没办法抵御那女人的诱惑的。但其实我一直自卑于自己的丑陋外表，所以在情事上主动有所退避。尽管如此，我还是发疯似的爱着沙金。可很清楚自己的俊美的次郎，又怎能对沙金的魅惑无动于衷呢？

这么一想，次郎和沙金勾结在一起也在情理之中。可就是这个情理之中，这个情理之中，让我痛苦不堪。次郎想从我手里夺走沙金——他会夺走沙金的全部，一定会。啊啊，我失去的不仅是沙金一人。我会失去我的弟弟，代之以一个名叫次郎的敌人——我对敌人毫不手软，而敌人大概也不会对我心存怜悯。到了那个地步，结果不言自明——不是我杀死弟弟，就是弟弟杀死我。】

这时，嗅觉敏锐的太郎察觉到了死人的气味，不由得一惊。不过这并不是他心中的死亡散发出的味道。他向猪熊小路看去，只见路边竹编墙下摞在一起的两具赤裸的孩童尸体已经腐烂。大概是长时间暴露在毒日之下，尸体的皮肤已经变色，上面到处是黑紫色的斑块。尸体上停着无数只绿蝇。不仅如此，一个脸朝下的孩子的脸上，早已有蚁群聚集……太郎仿佛看到了自己的末路。他不由得咬紧下腭——

【尤其是现在沙金也躲着我。即使偶尔见个面，也没有一次给过自己好脸色，有时还会当着自己的面说些难听的话。一到这种时候我就气得不行，对她又踢又打。可每当我踢她、打她的时候，都觉得受折磨的是自己。这也难怪，我二十来年的生命都已经留在沙金的那双眼睛里，如果失去了沙金，我也就失去了我自己。

失去了沙金、失去了弟弟，接下来失去的就是我自己。或许那就是我一无所有的时候……】

太郎这样想着，已经走到了猪熊老太垂着白布帘子的家门口。到了这里还是能闻到死人的味道。门边种着一棵叶片深绿的枇杷树，仿佛特意伸出清凉的树荫遮在他头顶。太郎已经数不清在这棵树下走进这个家门多少次了。可今后呢？突然，一阵伤感涌上心头，他眼里噙着泪水，伫立门前良久。这时，屋内突然传来女人尖厉的叫声，其中夹杂着猪熊老头儿的声音。如果是沙金，一定不会置之不理。于是他赶忙掀开帘子，一脚迈进有些昏暗的屋子。

四

和猪熊老太别过后，心事重重的次郎，数着沉重的步子登上立本寺的石阶，筋疲力尽地靠着朱漆渐渐剥落的圆柱坐下。尽管太阳依旧毒辣，刚好被斜上方的高檐遮挡，一时间照不到这里。向后看去，一片昏暗里，只有一尊脚踏青莲、左手高举法杵的金刚力士，胸前沾着燕子粪，寂然地守候在白日里。直到这时，次郎才终于静下心来，开始好好思考自己内心的想法。

日光依旧炙烤着一片白茫茫的大路。穿梭在大路间的燕子羽毛，时不时反射出亮光，那颜色就像黑缎子一般。一个撑着巨大阳伞、身穿白色水干的男人手里拿着夹有文书的青竹文杖，一副暑热难耐的样子慢慢地走过。对面连绵的矮墙上，连一只狗的影子都没有。

次郎抽出别在腰间的扇子，用手指将那一枚枚黑柿扇骨捻开，再合上，不断重复着，同时在心里琢磨起哥哥同自己的事情来——

【不能不愁，自己只有这一个哥哥，还被他当作对头。每次见面打招呼，哥哥的口气总是不太好，根本没法和他多说一句。如今自己和沙金是那样的关系，也难怪他是这个态度。但是自己每次和那女人见面，心里都会觉得对不起哥哥。分开后那种愧疚每每重新浮上心头，经常会觉得兄长可怜，暗自不知流了多少眼泪。之前有想过，干脆就这样离开兄长和沙金，一个人到东国去。这样的话哥哥便不会憎恨自己，自己也早晚会忘了沙金。抱着这样的想法去见哥哥，想跟他心平气和地辞行，可哥哥还是那样冷淡。接着一见到沙金，自己所有决心都一下子烟消云散。一想到这里，就忍不住狠狠责备自己。但是哥哥不知道自己的苦心，还是一门心思地把自己当作情敌。哥哥骂自己、抽自己嘴巴都可以，真到了那个地步，被哥哥杀掉也无所谓。但无论如何都想让哥哥明白，自己对自己那不义之举的厌恶，以及对哥哥的同情。如果能死在哥哥手里，也是死得其所。不，不如说与其这般煎熬，不如一死了之来得自在。

自己是爱沙金的，同时也憎恨着她。只要想起那女人见一个爱一个的恶习，心里就有一股无名火。她撒谎成性，还异常嗜血，就连我和哥哥都会犹豫的杀人勾当，她也能若无其事地解决。每当望着那女人淫荡的睡相，都会无比困惑自己为什么会被这样的女人诱惑。特别是每当看到她和素昧平生的男子不知廉耻地亲热时，自己都想亲手杀了她。可是，只要和她对视，看着那双眼睛，就会明白自己已经无法摆脱这种诱惑了。再没有其他人能像她一样，同时拥有如此丑恶的灵魂和如此美丽的肉体。

哥哥应该并不知道自己的憎恶。事实上哥哥并不像自己一样憎恶着那女人野兽般的灵魂。就比如在看到沙金和别的男人在一起时，哥哥和自己的反应完全不同，无论那女人和谁在一起，哥哥都一言不发，如此一次又一次地放任她的一时兴起。可自己做不到。玷污那女人的身体和玷污她的灵魂同样不可饶恕，甚至更甚。自己当然不可能允许沙金把心思放在别的男人身上，但更见不得她委身他人。所以自己嫉妒着哥哥，就算觉得对不起哥哥，也嫉妒着哥哥。如此看来，自己和哥哥对于恋情的想法从一开始就没有任何

相似之处。而正是这种背道而驰，让兄弟二人的关系逐渐恶化……】

次郎心里翻江倒海，怔怔地望向大路。突然，大街上传来一阵尖锐的笑声，引得头顶刺目的日光微微震荡起来。尖锐的笑声来自一个女人，还伴随一个男人舌头发直的含糊话语，尽是些不堪入耳的下流话。于是次郎果断站起身，将扇子插回腰间，走出朱柱之下的阴凉，刚想走下石阶，便看到一对男女从他面前经过，看样子要往大路南边去。男人约莫三十出头，一脸醉态，身穿桦樱色直垂，头戴软乌漆帽，一柄凸纹太刀大咧咧地挎在腰间。女人则身穿白底浅紫花纹的罩衫，头戴市女笠[①]，那声音举止是沙金无疑。次郎一边走下石阶，双唇抿得紧紧的，尽量不去看他们，那二人也并没有注意到他。

“那咱们约好了，你可别忘了。”

“放心吧，我既然答应了，你就尽管把心放在肚子里。”

“我可是把这条命赌上了，不好好提醒怎么行呀。”

男人放声大笑起来，那张周围长着些许红色小胡子的嘴咧得老大，都看得见嗓子眼了。接着他伸出一根手指，轻戳了一下沙金的脸蛋：

---

① 市女笠，原为女商人戴的斗笠。菅茅草或竹皮编织而成，中间凸起，晴雨两用。

“谁不是呢？”

“说得好听。”

二人经过寺门，在刚刚次郎和猪熊老太分别的路口停住脚步。二人又毫不避讳地调情拉扯良久，才就此别过。男人一边走着，一边不死心地频频回头挑逗，终于在路口往东去了。女人则仍然嗤笑着转身，又走了回来。次郎站在石阶下，不知是高兴还是羞耻，孩子似的红着脸，心中充斥着难以名状的情感。接着，他对上了沙金那双漆黑的大眼睛，罩衣中露出的面孔红红的，还带着稚气。

“看到刚才那个家伙了吗？”沙金解开罩衣，笑着问次郎。

“没看见。”

“他呀——嗯，先坐这里吧。”

二人并肩坐在下方的石阶上。寺门外唯一一棵红松纤细扭曲的枝条，刚好将影子投在二人头顶。

“那是藤判官家宅的武士。”沙金一边摘下市女笠一边说道。她二十五六岁，身量小巧，举手投足有着猫一般的敏捷。肉感适中的身体，兼具一张带有一种超乎寻常的野性美的面孔。窄窄的额头，丰润的面颊，洁白的牙齿，充满欲望的双唇；昂扬的双眉下是一对锐利的眼睛——原本毫无可能同时出现的元素，竟完美地结合在一起，毫无指摘之处。特别是那一头及肩黑发，在日光浮动中泛着青光，宛如乌羽。次郎望着美艳一如往常的沙金，却只能感到憎恶。

“也是你的情人吧。”

沙金一脸天真地笑了，两眼弯弯，点头道：

“再没有比那家伙更蠢的了。像条狗一样对我言听计从，也多亏了他，我终于全都知道了。”

“知道什么？”

“还能有什么，藤判官宅子的构造呀，他抖了个干干净净，说个没完。刚才还告诉我，藤判官最近买了一匹马——对啦，不如让太郎偷出来，说是陆奥国的三才驹呢，谁知道是不是真的。”

“那是。哥哥的话，对你可是百依百顺。”

“省省吧。我可是最讨厌争风吃醋了，太郎就是这样——虽然一开始我也这样过啦，不过现在完全没有了。”

“那么总有一天我也会的。”

“是吗？那可说不准呢。”沙金又尖声笑起来，“生气了？那我不让他们来了，好不好？”

“你皮下其实是个母夜叉吧。”次郎板起面孔，捡起脚边一颗石子远远地扔了出去。

“倒也有可能呢。不过迷上我这样的母夜叉也是你的业障啊——怎么，还不信吗？那你就别理我了。”

沙金盯着大路片刻，突然，她的目光变得锐利起来，转而落到次郎身上，一抹冷峻的微笑在她的唇角一闪而逝。

“既然你那么怀疑我，不如我告诉你一件好事。”

“好事？”

“是呀。”

女人施着淡妆的脸庞逼近次郎身侧，香粉混合着淡淡的汗水气味，一股脑钻进次郎的鼻间。次郎全身仿佛触电一般，立刻酥痒起来，忍不住转过脸来面对着她。

“我把那件事都告诉他了。”

“什么事？”

“就是今晚潜入藤判官宅子的事呀。”

次郎不敢相信自己的耳朵。那几乎令他呼吸困难的感官刺激瞬间消散得无影无踪。他一时间不知作何反应，只是半信半疑地望着女人。

“别吓成这个样子嘛，小题大做。”沙金微微压低了嗓音，口气里带着嘲讽，“我是这么说的：‘我睡觉的房间就离大路上那一排桧皮矮墙很近，昨晚矮墙根下，肯定有五六个强盗商量着怎么进到你家藤判官宅子里去。我跟你相好才告诉你，你可得上点心，要不就出大事啦。’所以那边肯定有所准备，他就是去召集人手的，今晚那里一定会安排二三十个武士。”

“怎么又做这些多余的事！”

“才不多余呢，”沙金的微笑带着一股恶寒，她伸出左手，轻轻地抚摩起次郎的右手，“这都是为了你哦。”

“为了我？”次郎开始感到不安。

“你还不明白吗？这么说吧，我让太郎去偷马了。这样一来，他再怎么能耐，一个人肯定是不行的，就算叫了人一起，也成不了什么气候的。这对我们两个来说，不都是正好吗？”

这时的次郎，就像全身被浇了个透心凉。

“你要杀了哥哥！”

沙金抚弄着扇子，爽快地答道：

“这样不好吗？”

“好不好的……你这样给哥哥下套……”

“那么，你去杀了他？”

次郎觉得，沙金盯着自己的目光，就像野猫一般锋芒毕露。那目光拥有恐怖的威慑力，使得次郎清楚地感受到自己的意志正在不断麻痹。

“但是这太卑鄙了。”

“卑鄙不也是没办法的事吗？”沙金丢开扇子，两只手安然地握住次郎的右手。

“而且，哥哥一个人也好办，可要让所有同伴都置于险境……”话一出口，次郎便觉不妙。那个狡猾的女人不会放过这个漏洞。

“那么，让他一个人去偷就没问题了吗？为什么？”

次郎撒开女人的手站了起来，沉着脸来回踱步，并不作声。

“既然杀了太郎都没问题，那杀几个同伴，又有什么所谓呢？”沙金仰头望着次郎的脸，掷地有声地断言道。

“老太怎么办？”

“那就等死了再说咯。”

次郎站定，俯视沙金，女人的眼中，有轻蔑和爱欲在交缠着，宛如熊熊燃烧的滚烫的炭。

“如果是为了你，我可以杀死任何人哦。”

女人的话语带着如同毒蝎的刺，能深深地蜇进人的皮肉里。次郎再度感到一阵战栗。

“但是，哥哥他——”

“我不是也连父母都舍弃了吗？”

话音刚落，沙金的眼睛忽然垂了下来，那张陡然严峻的面孔终于松弛下来，大颗大颗的泪水在日光下闪闪发亮，不断滚落在滚烫的沙地上。

“我都已经告诉那个人了，就算现在想挽回也没那个机会了——要是太郎他们知道了——我，我——他们一定会杀了我的！”

伴随着沙金的抽噎，次郎绝望的心中生出一股勇气。此时的他虽然早已面无血色，但依旧沉默地跪坐在地上，伸出自己冰凉的手，捉住了沙金的手。

一个可怖的承诺，被紧紧地交握在两双手中，摄住了二人的心神。

五

太郎掀开白布门帘，一脚迈进门里，立即被屋里意料之外的情景惊呆了。只见狭窄的房间里，厨房的一扇拉门歪倒在竹屏风上。用来驱蚊的陶罐被撞碎成两半，里面燃尽的青松叶灰烬也混着碎片撒了一地。那个十六七岁、面如土色的肥胖傻女人，沾了一头香灰，湿漉漉打着卷的头发被那个大腹便便的秃头老头儿拽在手里，那身怪异的麻布单衣前襟被粗暴地扯开，双脚不断蹬着地面，发疯似的尖叫着。老头儿左手拽着女人的头发，右手举着一只瓶嘴有缺口的瓶子，要把整瓶黑褐色的液体直往女人的嘴里灌下去。发黑的液体淌进女人的口鼻，流得满脸都是。老头儿见状便想干脆硬撬开她的嘴，女人也不怕攥在老头儿手里的头发被生扯下来，奋力晃动着脑袋躲避，愣是没让一滴都进到嘴里。两人手脚并用，紧紧地扭打在一起。刚从明亮的室外进到昏暗屋里的太郎，一时间没法分辨那纠缠着的手脚各是谁的，但二人是谁也已一目了然——

太郎气得三下两下脱掉鞋子，赶忙冲进屋里，一把抓住老头儿的右手，毫不费力地从对方手里夺走瓶子，大喝一声："你要作甚！"

"那你又要干什么！"面对太郎的逼问，老头儿也气势汹汹地答道。

"我呀，我要这么着！"

太郎一下子丢开瓶子，又卸下老头儿抓着女人头发的左手，抬起一脚便将他踢倒在拉门上。阿浓没想到会有人搭救，赶紧后退了三五间远。一见老头儿倒下，便拜神一样双手合十、打着牙战俯下身子给太郎叩头，随即也不顾自己披头散发，脱兔一般光着脚跑到廊檐下，钻出了白布门帘。老头儿作势还要追上去，太郎又补一脚，老头儿便再一次倒在香灰里。说话间，阿浓早就连滚带爬地跑出枇杷树下，往北去了……

"救命呀……杀人啦……"

老头儿早失了开始的气势，呻吟着从屏风上爬起来，想要躲到厨房里去。太郎立马伸出那双猿臂，抓住老头儿浅黄水干的领子，不由分说又把老头儿撂倒。

"杀人啦……杀人啦……救命……谋杀亲父……"

"别犯傻，谁要杀你了。"

太郎一只膝盖将老头儿死死压在地上，高声嘲讽道。同时，想要结果这个老头儿的欲望却几乎难以抑制地升腾上来，杀了他自然再容易不过——只一刀，往那堆着褶子的通红脖子上——只要一刀，一刀捅进去，一切便可终结。手里已经能够感受到，穿透脖子的刀尖扎进榻榻米的触感，接着，刀会狠狠地从这堆半死不活的肉里抽出来，带出迸射四溅的血花……想象使太郎的手不由自主地伸向了葛藤包缠的刀柄上。

“就是你……就是你……你一直都想要了我的命！——救命啊，杀人啦，谋杀亲父啊！”

猪熊大爷似乎看透了太郎的想法，一度反扑不成，又死命号叫起来。

“你为什么要那样逼阿浓？赶快坦白，不然的话……”

“我说，我说——我说完之后，可就看你的啦，你还是得杀了我吧……”

“废什么话！说还是不说！”

“说，说，你先把刀放下，它一在我眼前晃，我这嘴就不利索了……”

“说不说？”太郎只当没听见，不耐烦地大声呵斥，语气里杀意顿起。

“我说。”猪熊大爷还想起身，终是不成，只能一边挣扎一边掐着嗓子说道，“说还不行嘛，我就是想让她喝药，可阿浓那个傻子就是不肯喝，逼我动的手，就是这样啦。对了，还有，那药是老婆子准备的，和我可没关系。”

“药？那就是堕胎药了。不管人家是不是傻子，人家不愿意就强逼，你干的就不是人事。”

“你看，你让我说，我说完你还是想杀我。你就是个杀人犯！恶棍！”

“谁说要杀你了？”

“要是不想杀我，你拔刀干什么？”

老头儿抬起满是汗水的秃头，努力翻起眼睛看着太郎叫道，他的嘴角还积着唾沫。太郎看着他，一个想法闪过脑海——要想杀他，只有现在动手——太郎的手不由得更加用力地握紧刀柄，他盯着老头儿的脖颈四周。精心留了半个后脑勺的灰白杂毛，还有红通通的鸡皮下隆起的两道并不明显的脖筋——盯着这样的脖子，太郎心中不可思议地涌现出一种怜悯之情。

“杀人犯……谋杀亲父……骗子……谋杀亲父！谋杀亲父！”

猪熊大爷不停号叫着，终于从太郎膝下挣脱，跳了起来。他敏捷地将拉门挡在身前，一双眼睛滴溜溜乱转，环顾四周，准备一有机会就逃跑。老头满脸红肿，鼻歪眼斜，太郎瞧着老头儿那副狡猾嘴脸，不禁后悔自己错过了杀他的最后机会，一丝宛如自叹自怜的苦笑爬上嘴角。不过他还是大方地松开刀柄，慢慢地坐到老旧的草席上。

“该拿来杀你的刀可不是这把。”

“你杀我可就是弑父。”

看到太郎坐下来，猪熊大爷终于放下心来，从拉门后鬼鬼祟祟探出身子，挪到太郎斜前方，也战战兢兢地坐了下来。

“怎么杀你就成了弑父呢？”

太郎眼里望着窗户，问出这句话，宛如将憋在肚子里的一股气全都吐了出来。四四方方的窗户切除整整齐齐的一片天空，窗外仍旧无风，纹丝不动的枇杷树叶，叶片表里在阳光照射下映出明暗不一的绿色。

“就是弑父呀——要说为什么，沙金是我的继女，你和她在一起，不也是我的儿子吗？”

“那么，睡了自己继女的你算什么？畜生？你还能算人吗？”

老头儿盯着方才的乱斗里撕裂的水干衣袖，嘟囔道：

“就算父亲是畜生，也不能杀。”

“嘴还是那么厉害啊。”太郎撇着嘴冷笑道。

“什么叫嘴厉害！”猪熊大爷猛地瞪向太郎，又嗤笑道，“那我问你，你把我当父亲吗？嘿，恐怕不能吧。”

“你这都多余问。”

“对啊，哪儿能呢。”

“对，就是不能。”

“反正随你的便吧，你听好，沙金是老婆子带来的，不是我亲生的。但既然老婆子跟了我，那沙金就是我的孩子了。你如果要和沙金在一块儿，就得认我这个父亲。但是呢，你不认我做父亲，不光不认我，有时还打我骂我。你都是这个样子，凭什么我就得把沙金当作女儿？睡她怎么就不对了？睡了沙金的我是畜生，要弑父的你不也是畜生吗？”

老头儿一脸得意，目光炯炯，一边那只满是皱纹的手指对着太郎指指点点，一边滔滔不绝道。

“怎么样？是我不讲道理，还是你不讲道理，到这个地步你也该明白了吧？告诉你，我和老婆子，在我还在左兵卫那里做下人的时候就相好了。我不知道老婆子当年怎么想我的，我当年对她可是一片痴心。”

太郎做梦也想不到会在这种场合，听到这个卑鄙狡猾的老酒鬼讲起自己的陈年旧事。他甚至一度怀疑这个老者是否真的拥有属于人类的感情。一片痴情的猪熊大爷，被思慕着的猪熊老太——想到这里，太郎发现自己脸上浮起了笑意。

“我知道那个时候老婆子是有情人的。”

“那样的话，不就说明她讨厌你吗？”

“就算有情人，也没有她讨厌我的证据呀。你再打断我，我可就不说了。”

猪熊大爷像煞有介事地提醒道，接着两只膝盖马上蹭到太郎身边，咽了两口唾沫，继续说了起来。

“那时候老婆子就已经怀了情人的孩子，这倒不算什么。只是出乎我意料的是，生下孩子没多久，她就不知去向了。我四处打听，有人说她染上疫病死了，有人说她出京去了筑紫[①]。后来才知道，她在奈良坂[②]的熟人那里住了下来。自那之后，我突然就对这世上的一切都失了兴趣。整天喝酒赌博，后来又被人拉入伙做了强盗。绫罗绸缎，能抢什么就抢什么，满心想的都是老婆子。那之后整整十五年过去，才又一次见到她——”

这时的老头儿已经和太郎坐到了一张草席上，说到这里，不知是否因为情难自抑，一时间竟发不出声音，一张嘴虚张着，满脸都是泪水。太郎抬起仅剩的那只眼睛，看着眼前这个抽抽搭搭的老头儿，就像在看一个陌生人。

“再见的时候，她也已经不是原来的她，我也不是原来的我了。但是一见跟在老婆子身边的沙金，和老婆子年轻时一模一样，就像当年的她又回来了。我下定决心，如果就这样和老婆子分开，那就再也见不到沙金了。如果不想和沙金分开，那就要把老婆子留在身边。之后我就娶了老婆子，一家人在猪熊

① 今日本九州地区。

② 奈良县北部经般若寺前往本津的山路。

这里勉强过活……”

猪熊大爷一把鼻涕一把泪的那张脸离太郎越来越近，太郎这才发现对方身上的酒气如此之重，赶忙抽出扇子遮住鼻子。

“无论是过去还是现在，我只为过去的老婆子而活，也就是为了现在的沙金而活。可你呢，总是‘畜生、畜生’地骂我。你就这么恨老头子我吗？既然如此，杀了我也无妨，现在就动手吧，能死在你手里我也心甘情愿。但你要记着，你谋杀亲父，就是畜生。畜生杀畜生，多有意思！”

随着脸上的泪水逐渐干涸，老头儿又恢复了一开始的人渣嘴脸。他继续伸出满是褶皱的手指：

“畜生杀畜生啊！动手哇，你是孬种吗？哈！刚刚看到我给阿浓灌药那么生气，莫不是那傻子的肚子里是你的种？你不是畜生谁是畜生？”

老头儿一边说着，一边迅速退回倒下的拉门后面，一张涨得发紫的脸凶相毕露。太郎也终于难忍他的谩骂站起身来，却又放下了伸向刀柄的手，两片嘴唇急速颤抖着，随即一口痰唾在老头儿脸上：

“你这样的畜生就只配一口唾沫！”

“可别畜生畜生地叫了。难道沙金是你一个人的吗？她不也是次郎的人吗？你连弟妹都抢，就是个畜生。”

太郎再一次为没能杀掉老头儿感到后悔，但同时也担心自己再次产生杀人的念头。他的独眼里仿佛燃起了火光，却还是没有说话，猛地踢开地上的草席便想离开。老头儿还在他身后指指点点、骂骂咧咧：

“你以为我刚才对你说的都是实话吗？告诉你，都是假的！老婆子从前和我相好、沙金长得像老婆子，都是骗你的！听见了嘛！可你能奈我何？我就是个骗子，是个没人味的畜生，活该被你杀！”

老人口沫横飞地骂着，渐渐也口齿不清起来，可那混浊的眼珠里却有无边的憎恶积聚起来，脚底踩得咚咚响，嘴里也开始单调地尖叫起来。太郎一时间被嫌恶感包围，终于两手捂住耳朵，赶紧离开了猪熊家。室外，太阳已经开始西斜，燕子依旧在大道之间穿梭不停。

“去哪里呢？”

逃出猪熊家的太郎这才恍过神来，想起自己是来见沙金的。可如今自己也不知道该去哪里找她了。

“算了，就去罗生门吧，等到天黑再说。”

他的这个决定，自然是有几分遇到沙金的期待在里面。平时沙金为了方便打劫，入夜便会换上男装。大家都会在罗生门楼上换上那些衣服和家伙。太郎打定主意，便沿着小路，大步朝南走去。经过三条大街便往西去，穿过耳敏川，刚要走出四条大街，太郎便看到大路北边一町开外处，立本寺的矮墙下，有一对正在交谈的男女。身着枯叶色水干和浅紫色单衣的两个人影交叠着，从一条小路又走进另一条小路，传来一阵阵笑声。太阳底下来回翻飞的燕群里，男子腰间的黑鞘太刀闪着亮光，二人的身影随即消失不见。

太郎的眉间已然阴云密布。他不知不觉间停下了脚步，口中痛苦地嗫嚅道：

“都是畜生。”

六

不知不觉间这盛夏天已经黑了下来，很快就到了亥时上刻。

月亮还未升起，无声的京都城沉睡着，满眼令人窒息的黑暗中，加茂川的水面反射着熹微的星光，大大小小的路面在漆黑的夜里模模糊糊地发白，终于到了万家灯熄的时刻，无论是皇家内苑、贵族府邸，还是平民草舍，都在寂静的夜空之下，失去了色彩和形状，交融延伸成无边无际的广阔平面。左京右京皆一片森然，只有跳跃在梁间的螳螂，不时弹出些微声响。万籁俱寂中为数不多令人安心的微光和声响，便是烟火缭绕的大寺正殿，那座泥金脱落、铜绿斑驳的孔雀明王金画像前参拜的香客留下的长明灯，就是四条、五条大桥之下燃起垃圾堆打发短暂夏夜的一群又一群乞丐了，再者便只有经年栖居于朱雀门之上惊吓行人的狐妖和明灭在瓦砾草丛间的狐火了。除却这些之外，北起千本，南至鸟羽，弥漫着驱蚊药草燃烧气味的大街小巷，沉没在夜色之底，连轻轻掠过河岸蒿草丛的微风，都浑然不觉。

就在这时，王城北端，朱雀大街尽头的罗生门周边，有弓弦拨响，那宛如蝙蝠振翅一般的不祥之声，正遥相呼应。渐渐地，一人、三人、五人、七人……全副武装的异人开始聚集而来，朦胧星光之中，他们各自挎刀背弓，执斧持戟，都拿着趁手的家伙，打着绑腿蹬着草鞋，在罗生门的桥前悠悠列成一队。站在队伍最前方的正是太郎，紧跟在他后面的猪熊大爷，就像忘了之前的不快，一本正经拿着长矛，那矛头在黑暗中不时反射出寒光。接着便是次郎、猪熊老太和阿浓。沙金拄着弓站在他们当中，一身黑色水干，腰佩太刀，肩背箭袋。她张开两片红艳的嘴唇发话了：

“都听好了！今晚要对付的，可比之前都棘手得很，大家都要心里有数。打头的十五六人，跟着太郎从宅子后方潜入，之后剩下的人和我从大门闯进去。这次的目标就是马厩里的陆奥马，太郎，就拜托你了，多加小心。”

太郎只是仰着脖子看星星，并不作声，听到这里，便撇了撇嘴，只发出几声嘟囔。沙金把手里的弓高高举起，招呼众人道：

“这回我先说好，不要抓女人和小孩当人质，抓了之后很难处理。好，人都来得差不多了，该出发了。”说完，她转过身，柔下声来对一脸不高兴地吃着手指头的阿浓说道，“你就在这里等着吧，也就一两刻[1]钟，大家都会回来的。”

阿浓像个孩子一般，痴痴地望着沙金，安静地点了点头。

“走吧，多襄丸，你可上点心。”猪熊大爷把长戟夹在腋下，转过头对身边的同伴说道。那个身穿深红色水干的多襄丸，只是将手里太刀的刀镡撞得脆响，一声“嗯”敷衍了过去。倒是一个扛着斧头，留着黑胡子的爽利男人插嘴道：

“倒是你自己，可别被自己的影子吓到。”

二十三名强盗都忍不住一齐低声哄笑起来。他们将沙金护在正中，俨然一团杀气腾腾的黑云，向朱雀大街进发，就像沟里涨满的泥水终于往洼地里四下流散，不一会儿就消失在黑暗里，不知去向。

不知何时已月白微染的夜空之下，是罗生门高耸的瓦檐，寂然地俯视着大路。杜鹃的叫声断断续续地回荡着，一直呆立在七丈高的五级大台阶上的阿浓也不知去了哪里。然而不消一时，门上二楼亮起了微弱的灯光，唯一的一扇窗户哗地被拉开，阿浓小小的脸从窗户里探出来，遥望着天空中渐渐升起的月亮。整个京都城在她的视野里逐渐明亮起来，腹中不断有胎动传来，阿浓自顾自高兴地笑了起来。

---

① 一刻相当于现在的两个小时。

七

次郎手里的太刀已经浸满了血，他一个人对峙两个武士、三条狗，沿着小路节节往南败退了两三町。这时的他已经顾不上沙金的安危，追来的武士将他围得滴水不漏，几条狗的背都高高弓起，上面的毛都竖了起来，时不时前后夹击，扑上来就咬。月光下蒙蒙亮的大街上，拼死挥刀，想要在人犬之中杀出重围的次郎的动作，也不甚明晰。

不是杀了对方，就是被对方杀掉，不会再有其他结果。次郎抱着这样的觉悟，超乎寻常的勇气和残暴便迸发出来，挥刀的力道也一次比一次更猛。格住对方砍来的刀，顺势回劈过去，下路再一脚踢开扑上来撕咬的狗——次郎几乎同时完成了这些动作。不仅如此，收刀回来的同时也要防住从身后咬过来的狗嘴。即使这样，次郎还是受了伤。就着昏暗的月光看去，有黑红的血，正顺着汗水浸透的左鬓流淌下来。可一心殊死搏斗的次郎甚至感觉不到疼痛，哪怕已经面色惨白，帽子早就掉在了地上，身上的水干也被划得破烂不堪，还是紧皱眉头，抬手猛攻，回手格挡，就好像不是他在挥刀，而是刀在操纵着他一样。

不知过了多久，对准次郎上路攻过来的那名武士，半边身子突然往后一缩，痛苦地高声哀号起来。而次郎的刀早已斜砍向武士的脾腹，顺劈进男人的腰窝里，发出一声嵌进骨头的钝响。接着，抽离的刀身在黑暗里抡出一道闪亮的圆弧，刚好将另一名从下路突击的武士抬起的手肘砍断。对方立即夺原路而逃，次郎刚想一刀断了他的去路，只见一只猎犬像蹴鞠球一样弹起，咬上他的手腕，他赶忙退后一步。望着对方在月黑风高天里早已跑远的背影，他手里高举着鲜血淋漓的刀，可全身的力气在一瞬间便卸了下去。一种沮丧感油然而生，次郎抬头望去，自己竟不觉间已经来到立本寺门前，方觉刚才的一切就像一场噩梦。

大约半刻以前，从藤判官府邸正门攻入的那群强盗，已经被正门两边、车棚内外埋伏好的弓箭手吓破了胆。冲在最前面的真木岛家的十郎大腿中箭，箭镞深深地没入肌肉，十郎即刻滚倒在地。一时间其余的两三人，不是刺破了脸，就是划伤了手臂，急忙开始后撤。他们自然无法确定弓箭手的具体人数，伴着锋镝清透的声响袭来的白羽箭让他们应接不暇，就连跟在队后的沙金，黑色的水干袖口也被流矢斜斜射穿。

“别让头儿受伤啊！射吧！射吧！咱们的箭头也不是秃的！”

交野家的平六高声叫骂着，一边把斧柄砸得当当响，随即在强盗诸人中得到了“噢噢”的大声响应，同样开始拉弓放箭展开反攻。持刀同样居于后方的次郎，听到平六的叫喊，不由得感到一股自责，他看向一旁沙金的侧脸，那完全是一副对如此骚乱视而不见的冷漠神情。那女人始终背对月光、拄弓而立，嘴角挂着毫不掩饰的微笑，注视着迎面压将过来的箭雨。

这时，平六暴躁又焦急的喊声再度传来：

“怎么把十郎扔在这里了！你们这些东西怕自己被射中，就把同伴扔在这儿见死不救吗！”

十郎的大腿被射穿，想站也站不起来，只能用太刀撑起身子，像只拔了毛的乌鸦，挣扎着躲避射来的箭。次郎见状，浑身激起异样的战栗，想也没想便拔出刀来，而平六却给次郎使了个眼色，轻蔑地说道：

“你就好好守在头儿的身边，十郎自有小的们处理。”

次郎察觉到了对方言语中的不屑，他紧咬嘴唇，狠狠地瞪了平六一眼——就在这时，还未等到好不容易抓住机会、从各处跑上前去救助十郎的小喽啰们得手，纷乱的箭雨之中忽然有号角声响起，以此为信，门里放出六七只双耳直立、满口尖牙的猎犬，一边发出凄厉的低吼声，一边一齐猛冲过来，卷起的白烟在夜幕中都清晰可见。十名到十五名手持武器的武士紧随其后，争先从院外蜂拥而入。

众强盗自是没有察觉，有挥着斧头的平六打头阵，他们纷纷举起手中的太刀和长戟，那些兵器闪着寒光林立在一处，不知是谁起的头，人群中爆发出已经辨不出是出自人还是兽的嘶吼，士气更是重整旗鼓，一反方才箭雨袭来时的瑟缩之态。沙金仍微笑着，杀气腾腾地将鹰护田鸟尾的箭在弓上搭好，迅速躲到道路一旁的矮墙之后，以此为盾挡在身前。

十郎一倒下，双方眼看着发了疯一般混战作一处，不管不顾地拼杀起来。猎犬混在人群中，不时发出嗜血的可怖狂吠，一时间仍不能判断哪一方占上风。这时，从后门进攻的其中一个强盗跑了过来，他已经身负两三处伤，一身汗水混着鲜血，肩上扛着的刀也砍出了缺口，看来这次着实是一场苦战。

“咱们在那边的人要撤退了！”他借着月光摸到沙金身边，气喘吁吁地说，“那边领头的太郎已经被包围了，两边正在交手。”

矮墙之下的阴影中，次郎和沙金的视线不约而同地相交了。

“包围了？怎么回事？”

“不知道，不过——不过太郎的话应该不要紧。”

次郎转过脸，从沙金身边转身就走。而报信的小贼自然并未在意。

“老爷子和老太太好像已经受伤了，不过他们也干掉了四五个人呢。”

“那我们也撤。次郎，吹哨吧。”沙金跟上次郎，冷冷地说道。

次郎的脸上似乎所有表情都凝固了，他抬起左手，手指含进口里吹了两声尖锐的口哨。这是只有同伴才听得懂的撤退暗号。不过其他强盗并没有会合的意思（事实上敌方人犬已经让众人应接不暇，根本没有考虑撤退的余地）。口哨声划破暑热蒸煮着的空气，虚空一般荡至小路尽头。接着，人的喊叫声、狗的吠声、刀刃的撞击声尘嚣直上，浩渺夜空中的星似乎也为之动摇。

沙金抬起头，望向空中悬着的月亮，眉毛如同闪电一般骤然蹙起。

“没办法了，那我们自己回去吧。”

还没等沙金说完，次郎就像没听见似的，又含住手指吹出一声口哨。这时，已经有几个强盗乱了阵脚，向左右两边退去，而被留在正中的武士和猎犬，见势便向沙金和次郎两人这边冲过来。沙金手中弓弦一动，正前方冲过来的那只白毛猎犬的肚子被直接射穿，立即哀叫着倒地不起，眼见着它腹中流出黑血，一滴接着一滴地落在沙地上。而同狗一起冲过来的那个武士则不为所动，手里的太刀眼看就要对准次郎横砍过来。而次郎几乎是本能地举刀精准接住，兵刃相接，锵然一响，火花四溅。被汗水濡湿的红胡子、已经被砍裂的桦樱纹样直垂，这就是次郎对这个对手的全部印象。

立本寺前的情景，立刻清晰地浮现在次郎眼前。突然，一个恐怖的想法浮现在他的脑海：沙金是不是已经和这个男人合谋，不光要杀了哥哥，还要杀了自己呢——这个闪念令他胆寒，同时也燃起无边的怒火。次郎气得眼前发黑，脱兔般敏捷地让出一个身位，双手全力握刀，奋然朝对方的胸口刺去。那男人没一会儿便倒在地上，次郎抬起穿着草鞋的脚，狠狠地朝男人的头踩了下去。手上还残留着男人鲜血带来的暖意，次郎的刀触到挣扎着的男人的肋骨，刀身传来强大的阻力，但次郎仍旧不停地狠狠踩下去，这无疑给他的复仇心理带来满足。与此同时，那种难以名状的疲惫感再一次袭上次郎的心头。如果没有人围上来，次郎一定会当场倒地不起歇个够。脚下男人的头俨然成了血葫芦，可就在次郎刚把鲜血淋漓的刀从男人胸口拔出来时，又不知道多少个武士从四面八方而来，将次郎围住。不，从他身后悄悄接近的一个武士已经将手里的锋利矛头对准他刺了过去。只是武士一个趔趄，矛头只刺穿了次郎的水干衣袖，其人便栽倒在地。原来是一支箭破风而来，千钧一发之际，深深射进了武士的后脑勺。

那之后发生的一切对次郎来说，都仿佛是一场梦。他像一只野兽一般嘶吼着，不断接下前后左右招呼过来的刀。叫喊、犬吠、刀剑的碰撞，一切声音嘈杂在一起，仿佛在遥远的地方沸腾着，他眼中只有一张又一张被血和汗浸透的面孔。不过沙金还在后头这一点，就像刀刃撞击出的火星一般不断让他清醒过来，然而这份清醒，也总是被一同袭来的性命之忧挤到脑后。刀刃撞击和羽箭离弦的回响交织在一起，就像遮天蔽日的蝗群振翅的声音，在被倒塌的矮墙堵死的小路间不绝于耳。次郎迫于形势，开始往小路南边突破，还有两名武士、三头猎犬紧逼其后。

解决掉一个武士之后，次郎本想着，解决掉另一个，剩下的三条狗就不算什么了。可是他想得太简单了，三条狗都是良种，个头堪比牛犊，茶色花斑均匀，它们满嘴人血，照旧从左右扑上来咬他。刚踢开一只，就有另一只跳上来咬他的肩膀，同时另一只就朝他握刀的手下嘴。三只狗撅着尾巴，头埋在地上，就像在闻土的气味，下巴紧贴住前足，嗷嗷叫着，将他团团围住。刚把人解决，又被狗缠住，次郎才刚好容易松了口气，又忍不住让这些穷追不舍的狗气个够呛。

次郎越是气，手里的刀就越是砍空，渐渐地，他的脚步也开始不稳了。几条狗嘴里吐着热气，趁着这个机会，继续没完没了地扑上来。事已至此，只剩下一个办法——他拖着砍空的太刀，将从对准他的脚咬过去的狗身上跨过去，借着月光跑了起来。他想着，只要将追在身后的狗拖疲，就能成功逃离这个地方。然而这个计划也不过如同溺水者抓住的一根稻草，根本无济于事。狗一见他要跑，马上撅着尾巴径直跟了上来，蹿出一片尘土飞扬。

然而，不仅计划失败，接下来的一切也越发不妙了起来。次郎勉勉强强从立本寺的路口往西拐去，还没跑出两町远，破晓晨光已然初现之处，传来比身后更密集的犬吠声。月白色的小路前方，一群野狗乌泱泱地聚在一起夺食，宛如一团黑云。说时迟那时快，追在身后的一只猎犬高声叫起来，那群发狂的狗听到同伴的呼唤，一边声声狺吠回应，一边抖动着满是血腥气的皮毛，将次郎团团围住。次郎对这座废都了然于心，深知大半夜能有这么多狗同时聚在这条小路上，并不是常有的事。原来这群凶残的野犬是循着血腥气而来，趁着天黑抢食之前被丢在这里的因疫病而死的女人的尸体，磨牙吮血，你争我抢地嚼食着骨肉。

一见次郎，众犬只当是有新的食物出现，一瞬间宛如压向稻田的飓风，从四面八方朝次郎袭来。一只强壮的黑犬，越过次郎手里的刀，像只没尾巴的狐狸的狗从身后扑来，蹿上次郎的肩膀，那血淋淋的胡须擦过次郎的脸颊，沾满沙土的爪子斜斜蹭过他的眉间。次郎挥刀想砍，却无从下手，前方也好，后方也好，满眼都是闪着绿光的眼睛和喘着粗气的狗嘴，而且又有数不清的眼睛和嘴正沿着小路逼近——次郎挥着刀，忽然想起猪熊老太的话：

“反正都是一个死，不如趁早认命。”

这句话在他心中不断叫嚣着，他索性闭上了眼睛。狗嘴咬向喉咙，有温热的吐息喷在脸上，他不自觉地睁开眼睛，又举刀横扫过去。如此又不知重复了多少次，然而次郎的手臂也开始渐渐失了力气，手中的动作一刀比一刀沉重起来，脚下也开始变得不稳。这时，更多的野狗聚集成群，数量远超于他砍死的那些，从远处的芒草丛出现，跨过路边塌掉的矮墙，汹涌而来。

绝望的次郎，朝天上小小的月轮投向一瞥。他架着刀，瞬间，哥哥的事情、沙金的事情，电光火石般闪现在他的脑海。想要弑兄的他，就要被狗活活咬死、吃掉。这是再合适不过的天罚——不知不觉间，泪水涌上他的眼眶。可狗并没有停下进攻的意思，一只猎犬的满口尖牙直接咬上次郎的左大腿，茶色斑点的尾巴奋力晃着。

这时，一阵嗒嗒的马蹄声从远处传来，盖过了骇人的犬吠，像风一样，从两京二十七坊的夜色之底，飘然而上，升至月光微白的夜空……

而此时的罗生门城楼上，阿浓则久久伫立在窗前，脸上挂着安详的微笑，望向远处。逐渐亮起来的青蓝夜空里，月亮似乎也被白日的酷暑炙烤得清减了下来，无精打采地缓缓从东山之上升起。加茂川上的桥，也在幽暗的水底伴着月光上浮的莹白水光里，变得逐渐明晰。不仅仅是加茂川，直到刚刚为止还一片漆黑、充斥着死人气味的京都城，仿佛瞬间镀上了一层灿烂的白金，九重塔和佛寺，一切都在微明月光之中浮出黑暗，列于眼前，宛如越[1]之民所说的蜃楼。环绕京都城的群山山峰，似乎还在发散白日积累的热气，模糊了月光。它们就像陷入了沉思，越过薄薄的雾霭，静静地俯视着脚下的废都。罗生门柱旁的竹丛里，有凌霄花成簇开放，花蔓缠绕着古老的柱身，堪堪爬到摇摇欲坠的屋瓦和结满蛛网的梁间去……

窗边的阿浓动了动鼻子，用力吸了一口凌霄花的香气。她想到可亲的次郎，想到自己即将出世的孩子，思绪无限蔓延开来——她不记得自己的父母，也不记得自己出生的地方。只记得小时候自己曾不知被谁抱着、背着，就在和这罗生门旁差不多的朱漆柱下经过。然而这份记忆有几分可信，她自己也不甚

① 越国，日本北陆地方的旧称。

了然。只是懂事之后的记忆还多少留了下来，可这些记忆又大都是不记得为妙的事。有一次她被别的孩子欺负，从五条大桥上被头朝下推下河去；有一次她饿得不行，偷东西吃被抓到，让人扒光了吊在地藏堂的大梁上。后来沙金把她救了下来，她就自然而然地入伙了。不过，那之后她遭的罪可没比以前少多少。就算她天生智力不足，可也知道什么是遭罪。猪熊老太一看阿浓不顺眼就毒打她，猪熊大爷也经常借着酒劲刁难她，虽然沙金平常对她照顾有加，但一旦被惹毛了，就会拽住她的头发拖着她满屋打转。别的强盗对她也是动辄非打即骂。每次挨欺负之后，阿浓都会逃到罗生门楼上，一个人偷偷哭泣。如果不是次郎经常温柔地安慰她，她可能早就跳下门楼自尽了。

窗外淡黑青蓝的夜空之中，像煤烟一样的东西从屋瓦下朝月亮升腾而去。是蝙蝠。阿浓出神地望着疏朗的星星，这时，腹中又传来一阵胎动。她赶忙侧耳倾听去感受。胎儿正为来到这充满苦难的人间而挣扎，而她的心正为逃离这苦难的人间而挣扎。可是阿浓自己并没有想到这些，她的心中只有对即将成为母亲——自己也即将成为母亲的喜悦，这份喜悦就像凌霄花的香气，把她的心填得满满的。她忽然想，胎动是不是因为孩子睡不着呢。说不定就是因为怎么都睡不着，所以正哭着用小手和小脚丫在肚子里乱动乱蹬。

“好孩子，快睡吧，睡醒了，天亮啦。”

她轻声细语地哄着孩子，可腹中的胎动还是不肯轻易停下，甚至疼痛也随之渐渐加剧了。阿浓离开窗边，顺势蹲在窗下，背对着昏暗的灯火，轻声唱起歌谣，安抚腹中的孩子：

君之我命，
报以此心。
越兮荒波，
没兮松山。①

歌声同灯火一同摇曳着，断断续续传出寂静的门楼，唤醒了阿浓模糊的记忆。这是次郎喜欢的歌。每当他喝醉了，必定用扇子打着拍子，闭着眼睛一遍又一遍地唱。每当这个时候，沙金就会拍手大笑，嘲弄次郎怪里怪气的唱腔。腹中的孩子听了这首歌，也一定会高兴吧。

不过没人知道这孩子是否真是次郎的。阿浓对此守口如瓶，如果有坏心眼的强盗问起孩子的父亲，她总会抱起胳膊，垂下眼睛，害羞似的沉默不语，无论别人怎么问都不出声。只有在这个时刻，她脏兮兮的脸上才会露出具有女性气息的血色，泪水也会不知不觉间攀到她的眼眶，直到睫毛上。强盗一

① 《古今和歌集》中的东歌。

见此情形，更是大肆嘲讽起来，笑她是个蠢女人，连肚子里的孩子是谁的种都不知道。不过阿浓自己却坚信次郎就是孩子的父亲。自己深爱的次郎的孩子，理应在自己的腹中长大。如果孩子的父亲不是每当自己孤零零睡在二楼时必会梦见的次郎，还会是谁呢？——阿浓仍旧唱着歌，眼睛还是望着远方，连自己被蚊子叮了都不知道，就这样做起清明梦来。在这一刻她忘却了人间的痛苦，这些痛苦甚至都染上了色彩，这是多么美丽又残忍的梦啊（没有经历过这种痛苦的人是梦不到的）。在那里，一切之恶都在眼前消失得干干净净，然而，只有人间的悲哀，像洒满夜空的月光一般广袤无尽的悲哀，仍然冷寂而鲜明地存在着……

越兮荒波，
没兮松山。

歌声和灯光一起逐渐变得微弱，最后消失了。无力的呻吟微弱地传来，四周的黑暗仿佛正是被这呻吟声引来的。原来是阿浓唱着唱着，突然感到下腹一阵尖锐的疼痛……

藤判官府邸的守备打得强盗措手不及。从后门攻入的小队遭到流矢攻势之后，又在中门遭遇武士队伍的激烈反击。几个打头阵的强盗本以为区区菜鸟武士不成气候，见势不妙便乱了阵脚，扭头就跑，就数那胆小的猪熊大爷跑得最快。可他一时间慌了神，竟跑错了方向，一气冲进了准备白刃战的武士队伍里。对方见他那喝出来的膘肥体格，再看向他像煞有介事提在手里的锋利长矛，都以为他是一员猛将。于是他们互相使了个眼色，两三人的刀尖一齐对准了猪熊大爷，分别从前后步步紧逼上来。

“你们弄错人了！我是这家的下人！“猪熊大爷没命似的大叫起来。

“扯谎！把谁当傻子呢，你个老不死的！”

武士叫骂着冲将过来，挥刀便要砍。事已至此，猪熊大爷一见无路可逃，早就面如死灰。

“没有！没有！”

他瞪着眼睛，慌乱地扫向四周，焦急地寻找一线生机。大颗大颗的汗珠从他的额头流下，他的双手更是抖个不停。可环顾四周，这里早就成了强盗和武士以命相搏的生死场，寂静的月空下，强盗和武士杀作一团，只有骇人的刀刃的碰撞声和人的吼叫声在不断回荡。——反正已经无处可逃了，猪熊大爷马上盯死对面的武士，瞬间变得和其他人一样凶神恶煞，咬牙切齿地迅速举起长矛，气势十足地叫骂道：

“我就扯谎了，怎么着吧！蠢货！畸形！畜生！来呀！”

话音未落，那矛头便火花四溅。原来已有一名脸上生着红痣的武士，冲在最前头，二话不说迎头砍了上去。不过猪熊大爷毕竟年纪大了，不是武士的对手。还没到十个回合，矛头便乱了方寸，节节败退下来，最后退到了小路正中。那武士大吼一声，猪熊大爷手中的矛从正中被砍成两半，旋即又一刀从老头的右肩斜砍下来直落到胸前，生生给老头套上了一件血袈裟。猪熊大爷一屁股坐在地上，睁得圆滚滚的眼睛好像要脱出眼眶，突如其来的恐惧和疼痛让他近乎崩溃了，他赶忙翻身伏在地上，屁股撅得老高，颤抖着大叫起来：

“着了道啦！老子着了他们的道啦！救，救命啊，着了他们的道啦。”

那名脸上生着红痣的武士悄悄从他身后接近，高高挥起了沾满血迹的刀。这时，一个宛如猿猴的身影扑了过来，麻布单衣下摆在月光下翻飞。猪熊大爷因此才没有命丧当场。那个猿猴一般的身影横在他和武士之间，猛地拔出一把小刀，刺穿了武士的胸口下方。这时武士手里抡圆了的刀也刚好落在猪熊大爷身上，他发出可怖的尖叫声，脚下就像踩着了火筷子，蹦得老高，也朝武士的脸扑过去，两人一同滚倒在地。

接下来，两人便扭打在一起，拳头、牙齿乃至头发，无所不用其极，残酷惨烈，几乎脱离了人样，更像是猛兽在撕咬，一时间分不出谁是谁了。终于，那个猴子一般的身影又扑到了武士的身上，手里的小刀银光一闪，四肢动弹不得的武士的脸就开了花，只剩红痣如旧。接着这身影也像卸了力气一般，直接仰倒在武士的身上。借着月光，只见她上气不接下气地喘息着，那张满是皱纹的蛤蟆脸，正是猪熊老太。

老太的肩膀随着喘息不停耸动着，她压在武士身上，左手还紧紧抓着对方的发髻，痛苦呻吟良久。终于，那双灰白的眼珠缓缓转了一转，她艰难地数度翻开干裂的嘴唇，用微弱却亲切的声音，呼唤着自己的丈夫：

“老头子，老头子……”

但没有人回答她。浑身是血的猪熊大爷因为老太捡了一条命，早就扔掉所有家伙，连滚带爬地逃跑了。自然小路上还有尚未结束的拼杀，可那些人对于老太来说，就像这个武士一样，和陌生的路人没有区别。——猪熊老太不知呼唤了多少次，声音也逐渐微弱下去。可是全然没有应答的寂静，要比她身上的伤更加刺痛。她的视力逐渐衰退下去，视野里周围的景物也变得模糊。除去正平铺在自己眼前的广阔夜空，以及那轮小小的纯白月轮，她几乎什么都看不见了。

“老头子……”

老太含着一口血痰，嗫嚅般发出最后一声呼唤。接着一阵恍惚袭来，她感到自己正昏昏沉沉地不断下坠，一直坠入无意识之底——也许那正是永不醒来的长眠之底。

与此同时，太郎正跨在栗色无鞍马的背上，双手抓住缰绳，口里衔着血红的刀，宛如飓风一般飞驰而过。这匹马正是沙金看中的陆奥三才驹。众强盗早已四散奔逃，月光落在一地死骸的小路上，就像降下了一层霜。微风吹动太郎的乱发，他在马上频频回望，看到身后骚乱的人群，心中便有一种自豪感。

自豪是必然的。他在同伴皆被击退的情况下，早就下定决心，即使别的什么都抢不到，也要得到那匹马。他挥动着手中葛藤缠柄的长刀，单枪匹马一刀一个武士，毫不费力地踹开马厩的门，切断拴马的绳子的瞬间便飞身骑了上去，马立刻腾空而起，一切阻碍都被踏在四蹄之下。夺马的太郎所受的伤数倍于前，水干的袖子撕裂了，帽带拽着掉下来的帽子，裙裤更是破成一条条血染的碎布。即便如此，冲进刀山剑林的太郎照旧见一个杀一个，见两个杀一双。如今回想起刚才的大杀四方，太郎可以说是喜不自胜。——还在回头观望的他，露出快活的微笑，继续骑马昂然前进。

他又想起沙金，接着是次郎。他虽然为自己时不时的自欺欺人感到愤恨，可心中还描绘着沙金再度倾心于自己的美梦。除了自己，没人能在那种情况下成功把马抢出来。对方占尽人和地利，要是轮到次郎——瞬间，弟弟伏尸于武士刀下的情景浮现在他眼前。这对他来说并不是什么不快的情景。不如说他心中有某种情绪，在祈望这个情景成为现实。无须亲自动手，借别人之手杀掉次郎，自己不仅可以免遭良心的谴责，就结果而言，沙金也很难因此憎恨自己。想到这里，他不禁为自己的卑鄙感到羞耻。他用右手拿开口中的刀，慢慢擦拭起上面的血迹来。

太郎刚刚把擦干血迹的刀收回鞘里，转过一个拐角，便看到前方月光之下，有二三十条狗聚在一起狂吠着。犬群中有一个手执太刀的人，站在矮墙的阴影里，只能看到黑黝黝的轮廓。就在这时，马发出一声高亢的嘶鸣，甩起长长的鬃毛，四蹄激起一阵扬尘，眨眼间便带着太郎朝那里奔去。

“是次郎嘛！”

太郎皱起眉头，看清那人正是自己的弟弟，无意识地叫了起来。次郎单手挥刀，忙不迭转过头来，便看到自己的哥哥。刹那间兄弟二人都从对方的眼瞳深处感受到了一种令人恐惧的存在。这是货真价实的一刹那。接着马便被狂吠的犬群惊到，高高地仰起脖子，前蹄画着圈高高抬起，一跃到了半空中，动作比刚刚还要敏捷。脚下踏起烟尘一片，化作一道道白柱升上夜空。一身伤的次郎，还在和野狗搏斗……

太郎刚刚志得意满的微笑顿时消失了，脸色变得煞白。“快走，快走哇”——他的心中有这样的声音在窃窃私语。只要就这样离开，过了一刻，哪怕半刻，就万事大吉了。他接下来不得不做的事情，这些狗会帮他完成。

“走哇，为什么不走？”那个声音还在耳边低语。是呀，反正迟早都要下手，早晚都没有差别。就算现在弟弟和自己的位置互换，弟弟也会做出和自己一样的选择。“跑起来！罗生门已经很近了。”太郎的独眼射出病态的精光，几乎是本能地、夹起马肚子。马鬃和马尾在风中飘扬，马掌在地上擦出火花，一个猛子蹿了出去，带着太郎直接飞出两町远，洒满月光的小路，就像奔流一般从他腿下向后流去。

可就在这时，令人怀念的几个音节，忽然从他的唇间溜了出来。是“弟弟”。那是这副身体无法忘怀的呼唤。太郎脸色大变，狠狠捏住缰绳，咬紧了牙关。一切权衡都在这个词语出现的那一刹那消失得无影无踪，它就像一道电光击中自己的心。选弟弟还是选沙金，已经失去了意义。这时他已看不见天空，更看不见路，月光也照不进他的眼中，目之所及，尽是无边的暗夜。如暗夜般深不见底的爱恨。太郎发疯般呼唤着弟弟的名字，上半身拼命后仰，一只手狠狠向后勒住缰绳。眼看马头开始掉转，马嘴里泛出雪白的沫子，马蹄拼命蹬着地面，仿佛就要把马掌砸碎。那只独眼亮得就像在太郎阴惨的脸上点起火来，身下汗津津的马已经朝原路飞奔而去。

“次郎！”

太郎在接近的那一刻喊了出来。心中鼓荡的情感如狂风骤雨一般，借着这个名字喷涌而出。这呼唤就像烧得白热的铁上铮铮的锤声，仅一响便直直撞在次郎的耳膜上。

次郎看到了马上的哥哥。那并不是平日里的哥哥，更不是刚才策马逃开的哥哥。狠狠皱起的眉头，咬着下唇的牙齿，再加上那散发怪异灼热的独眼——次郎感受到一种近乎憎恶的爱——那是一种至今为止从未体验过的、不可思议的爱，正在熊熊燃烧。

“次郎，快坐上来！”

太郎先是策马沿着小路斜侧助跑半圈，接着以陨石坠落之势降入犬群，大喝一声。此时本就不是该犹豫的时候，次郎把手里的刀能扔多远就扔多远，趁着野狗去追刀的间隙，敏捷地从马的身侧翻身跳起，于是太郎伸出那双猿臂，就在那一刹那抓住了弟弟的衣领，拼命把他拉了上来。月光洒在马头和鬃毛上，它第二次掉转方向，次郎此时已经安全落座，他紧紧抱住了亲爱的哥哥。

这时，一只满口鲜血的黑狗发出可怕的吠叫，四只脚扒着沙土就朝马鞍扑了上来，锋利的牙差一点咬上次郎的膝盖。太郎已经抬起脚踢向栗马肚子，马吃痛长啸一声，甩着尾巴跳向半空。狗嘴擦过马尾，只扯下了次郎的绑腿，随即便仰面朝天摔在狗群里。

此刻的次郎仿佛置身于一场美梦之中。他恍惚的双眼中，映不出天空，更映不出地面，他的眼中只有他拥抱着的哥哥的面孔，那半边落在月光里、全神贯注目视前方的哥哥的面孔。一种无边的安宁就在这一时刻缓缓填满了他的心，那是自从离开母亲的怀抱之后，已经多年未尝体会到的，静默却强力的安宁。

“哥哥。”

次郎似乎已经忘记自己还在马上，他还是紧紧地抱着哥哥，高兴地笑了。大颗大颗的泪水滚落到他绀色水干的前襟。不久他们便来到空无一人的朱雀大街，哥哥既然保持沉默，弟弟也就没有开口，两人就这样一言不发，骑着马静静前进着。寂静的夜里，只有马蹄声在回荡，清冷的天河横亘在二人头顶的夜空。

八

罗生门下，破晓未至。抬头仰望，月光仍徘徊着，在被冷露沾湿的屋瓦和褪色的朱漆栏杆上留下残光。高高的飞檐从斜上方伸出，刚好挡住了月光和夜风，于是罗生门下又黑又热，成了花脚蚊子的天堂，蜇得人又酸又痒。刚在藤判官府邸大闹一通的强盗一伙，正三五成群地围在一片漆黑的门中点燃的松明四周，或坐或卧，或蹲在圆柱底下，忙着包扎伤口。

猪熊大爷是他们之中受伤最重的。他四仰八叉地躺在铺在地上的沙金的旧外褂上，眼睛半睁着，时不时仿若受到惊吓一般发出声声沙哑的呻吟。身心俱疲的他，甚至分不清自己是否和一年前一样，只是在这里睡着了。各种幻象密密麻麻地涌入已经濒死的他的眼前。那些幻象正在上演的世界，正和当下的罗生门合为一体。在模糊了时间和场所的昏厥中，他以一种超越正确乃至理性的顺序，从头到尾再现了自己丑陋的人生。

“喂……老婆子……老婆子怎么样了……”

他被不停出没在无边黑暗中的恐怖幻象吓得不轻，全身颤抖扭曲着嗫嚅道。

“老太啊，老太已经去极乐世界啦。说不定现在她正坐在大莲花上，等你等得都急啦。”一旁正用手绢包扎额头伤口的交野家的平六靠过来说道。说着这种玩笑话，他自己也忍不住笑了。他转过脸朝在对面的角落里给真木岛家的十郎包扎腿伤的沙金说道，“头儿，老爷子怕是不行了。看他这么遭罪也和杀生没啥两样，不如我一刀给他个痛快吧。”

“开什么玩笑。反正都是一个死，就等他自己断气得了。”沙金说着，朗声大笑起来。

“原来如此，也是哈。”

猪熊大爷听到这段对话，一种预感与恐惧同时袭来，似乎在一瞬间就把他全身冻住了。他又开始大叫起来。他其实和平六一样，面对敌人时胆小如鼠，可仅仅出于杀人的兴趣，仅仅出于将自己敢于杀人的勇气示人的残忍心理，无数次用同样的理由，用矛头结果了很多将死同伴的性命。现在轮到他自己——

这时，不知是谁，好像对他现在的惨状毫不顾及，在松明照不到的阴影里，自顾自哼起歌来：

黄鼠狼吹笛
猴子把乐奏
蝗虫打着拍
蟋蟀跳起来

突然，好像有谁在拍蚊子，“啪”的一声脆响，传进猪熊大爷的耳朵里。其中还混杂着几个人“嗨！哟！”地打着拍子，笑到肩头直颤、背过气去的声音。——他开始全身都在颤抖，于是抬起沉重的眼皮，努力盯着灯火，想要再次确认自己还活着的事实。松明的火苗在他眼中扩散出无数光轮，虽然在黑夜的逼近下显得脆弱不堪，但仍然执拗地发散出怯怯的光。一只小金龟子“嗡嗡”地飞了过来，一接触光轮的边缘便被烧光了翅膀掉落在地，随即一股腥臭便扑鼻而来。

自己就像那只虫子，已经死定了。死了之后，这副肉身一定会被蛆和苍蝇啃个精光吧。啊啊，老子就要死啦。那些强盗就像没这回事一样，还在那里又唱又笑闹个不停。一想到这里，猪熊大爷心中便好像有难以名状的愤怒和苦痛生出来，直要扎进骨髓里。同时，一直有一个好像车轮似的东西，在自己的眼前溅着火花滚来滚去。

“畜生……没人味的东西……太郎……你个恶棍！”

他舌头发直，断断续续地自言自语。真木岛家的十郎小心避开腿上的伤，翻了个身，哑着嗓子悄声对沙金说道：

“他真是恨透了太郎啊。”

“太郎怎么样了？”沙金看了一眼猪熊大爷，皱着眉头嘀咕了一句，那声音就好像在哼歌。

“应该是没救了。”

“谁看见太郎死了？”

“我看见他一个人对上了五六个武士。”

“哎呀呀，功德无量，功德无量。”

“后来也没见次郎在哪里。”

“恐怕是一个下场吧。”

太郎死了。老婆子也没了。自己也马上就活不成了。死，死是什么？不管是什么，自己不想死。但真的快要死了。像只虫子，随随便便就死了——这些没头没脑的念头就像黑暗中从四面八方袭来的蚊子，净往他的痛处刺去。猪熊大爷能够感受到，那令人恶寒的、看不见摸不着的“死”，此时就在朱漆柱子的对面，不辞辛劳地窥伺着自己的每一次呼吸，残酷却又真诚地体味着自己的痛苦，不仅如此，它就像渐渐退去的月光，开始朝自己膝行，不断靠近。无论如何，自己都不想死。

同寝常陆介[①]

男山红叶峰

盛名天下传[②]

哼歌的声音夹杂着宛如榨油臼里传出来的喑哑呻吟声。不知是谁在猪熊大爷枕边吐了一口痰，说道：

“怎么没看见阿浓那个傻子呢。”

“是呢。”

“肯定在楼上睡觉。”

“哎，楼上有猫叫。”

一时间，大家都安静了下来，猪熊大爷的呻吟仍不绝于耳，同时可以听见微弱的猫叫声。热乎乎的风开始在梁柱间流动起来，将带着淡淡甜味的凌霄花的香气送进每个人的鼻腔。

“这猫是不是成精了。”

“阿浓配老猫妖，不是正好嘛！”

沙金站起身来，衣服窸窣作响，她带着责备的口吻对众人说道：

“不是猫。去个人上楼看看。”

交野家的平六应了一声，用太刀刀鞘撑着柱子站起身就往

① 常陆，日本旧国名，属东海道，在今茨城县；介，律令制的四等官的第二位，辅助长官。

② 选自《枕草子》第七十六段。

楼上走。通向二楼的楼梯就架在柱子对面，一共有二十级。没来由的不安仍然弥漫在众人之中，谁都没有再说话。热风带着凌霄花的香气，依旧荡漾在空气里。忽然，只听楼上的平六惊叫了一声，接着他慌慌张张地“噔噔”跑下楼来，扰乱了楼下压得人喘不过气来的沉默和黑暗——出大事了。

“阿浓她……好像生了。”

平六走下楼梯，风风火火地把一个用旧罩衫包裹的圆滚滚的东西送到灯火下。那脏兮兮的包裹带着一股女人的体味，里面包着一个刚出生的小婴儿，皱皱巴巴的，就像只剥了皮的青蛙，根本没个人样。小婴儿费力地动了动自己的大脑袋，难看的小脸揪在一起，哭了起来。无论是那薄薄的一层胎毛，还是细小的手指，虽然惹得众人嫌弃，不过也引起了他们相当的好奇心。——平六看了看身边的人，怀里抱着孩子晃了晃，得意扬扬地说道：

“我上去一看，阿浓跟死了一样趴在窗户下面，哼哼个不停。不过再怎么说，阿浓傻虽傻，也还是个女人。我以为她害了什么病，就走过去看，结果吓了一跳。一堆像刚从鱼肚子里掏出来的东西，正在暗处哭呢。我伸手戳了一下，那东西还抽动了一下。身上没有毛，一看就不是猫。那我就一把把它抓起来，举到亮处仔细瞧才发现，原来是个刚落地的小娃娃。看，肚子胸口都红了，肯定是被蚊子叮的。这下阿浓也当娘啦！”

平六站在松明前，身边围着十五六个强盗，有站着的，有还趴在地上，全都伸出头来，看着这个刚刚拥有生命的丑陋的红肉块，每个人脸上都挂着笑容，一个个都像换了个人似的。那肉块伸了伸小手，蹬了蹬小脚，最后往后扭了扭头，张开没长牙的小嘴，大声哭了起来。

“还长舌头了呢！”

之前哼歌的男人傻乎乎地大喊一声，引得大家都笑起来，一时间忘记了还在作痛的伤口。众人的笑声还没落地，猪熊大爷不知从哪里提起最后一口气，跟着大叫一声：

“给我看看那孩子……喂！给我看看……听见没有……坏东西！”

平六抬脚踢了踢他的脑袋，回嘴威胁道：

“想看就给你看，你才是坏东西！”

猪熊大爷睁大混浊的眼睛，盯着平六欠身大咧咧送过来的婴儿，就像要吃了他似的。看着看着，他的脸色开始变得像蜡一样青，成颗成颗的泪珠开始聚在他满是皱纹的眼角。他颤抖的唇边居然不可思议地泛起一丝微笑来。一种前所未有的纯真浮现在他的脸上，使得整张脸的肌肉都松弛了下来。那张向来多话的嘴，如今竟然闭得紧紧的。此时此刻，死亡对这个老人的追杀终于大功告成。然而，谁都不明白那微笑的含义。

猪熊大爷已经无法起身，他艰难地伸出胳膊，摸上婴儿的手指，于是婴儿像是被针扎了一般立刻哭了起来。平六本想骂一句，终究也没开口。只有在这一刻，那个老人的脸上——那张血色全无、喝酒喝出来的肥脸上，闪耀着迥异于平日的、难以侵犯的庄严。即便是沙金，也凝神屏气，目不转睛地盯着自己的养父——也是自己的情人，好像在等待某件事的发生。猪熊大爷依旧一言不发，只是，一种隐秘的喜悦，安静而愉快地漫上他的面孔，恰似黎明时刻刮起的清风。在这一刻，他已经看到——在暗夜的彼端、人眼所不能及的高远天空，冰冷而孤寂的黎明，永恒的黎明，已经来临。

“这是……这是我的孩子。”

他斩钉截铁地说道，还想再一次摸上孩子的手指，可那手臂终于没了力气，眼看着要砸下去，一旁的沙金见了，赶忙上前扶住。十几个强盗听了，都吞了口唾沫，一动也不敢动。沙金抬起头，对抱着孩子的平六稍稍颔首。平六一个人自言自语道：

“听着像是痰糊了嗓子。”

猪熊大爷就在婴儿怕黑的哭声里，在肉体和精神上层层叠加的痛苦里，宛如逐渐熄火的松明，静静地咽下了最后一口气……

“老爷子终于死了。”

“活该，把阿浓折磨成那个样子，早该死了。”

“那尸体就只能埋在竹林里了。”

“就那么喂乌鸦也怪可怜的。”

这些强盗你一言我一语，语气间难免带着尴尬。远方已经有隐约的鸡鸣传来，不知不觉，天已经快亮了。

“阿浓呢？”沙金问道。

“我随手把能盖上的衣服都给她盖上了，让她睡了。她现在的身子，恐怕得好好养养。”平六的语气里带着平日里没有的温柔。

于是，两三名强盗便合力把猪熊大爷的尸体抬出罗生门外。外面还是一片漆黑，破晓时分若隐若无的月光洒在冷寂的竹林上，竹梢在越发浓烈的凌霄花香气里摇曳着，有露水不时从竹叶上滚落，传来微微脆响。

“生死事大呀。”

“无常迅速哟。”

“现在这张脸，比活着的时候看着顺眼呢。”

“是呀，倒是死了之后更像个人样。”

在几个强盗闲谈的工夫，猪熊大爷带着斑斑血迹的尸体，被一点点深埋进开满凌霄花的茂密竹丛之下。

九

第二天，有人在猪熊大街的一户人家，发现了一具死状凄惨的女尸。那是一名体态丰润，甚是美貌的女子，从尸体伤口的状况来看，该女子曾经进行过非常激烈的抵抗，死死塞在她嘴里的枯叶色水干衣袖就是证明。

然而奇怪的是，该女子家的女仆阿浓当时也在场，却毫发无伤。她在检非遣使厅受审时交代的大约如下。之所以说大约，是因为这个阿浓天生智力不足，也很难让她交代得更明白些：

当天夜里，阿浓半夜醒来，听见一对名叫太郎和次郎的两兄弟，正在和沙金大声争吵，正想着发生什么事了，那次郎突然就抽刀朝沙金砍去。沙金挨了一刀，一边大声呼救一边往外逃，这回轮到太郎又上去补了一刀。接下来便只能听到两人的斥骂声和沙金痛苦呻吟的声音。最后，听不到女人的声音了，两兄弟突然紧紧抱在一起，沉默良久之后，竟有哭声传来。阿浓从窗缝偷看到这一切，因为担心睡在自己怀里的孩子受伤，所以没有过去救助自家主人。说到这里，阿浓突然脸红了：

“另外，那个次郎是这孩子的父亲。之后，太郎和次郎就到我这边来，让我好好保重。次郎见了这孩子，摸了摸孩子的头，还笑了。他还哭了，眼里都是泪水。我本来还想让他再摸摸，可是两个人看起来着急得很，接着就走出屋外，跨上马背，不知道去哪里了。马应该就拴在枇杷树上。我抱着这孩子，在窗边看到的，因为月光很亮，所以看得很清楚，只有一匹马，上面驮着两个人。然后我也没管主人的尸体，又回床上睡觉了。因为我经常见主人杀人，所以不害怕死人。”

检非遣使终于明白了个大概。于是判阿浓无罪，还立即给她恢复了自由身。

十多年之后，阿浓已经出家为尼，一直把孩子养在身边。有一天她跟别人讲，丹后守手下那名以骁勇善战著称的侍从就是太郎。原来那个人也是独眼，脸上生着麻子……

“如果是次郎，我还会追上去，但是我怕太郎……”

阿浓讲这话时的样子，就像个小姑娘。不过那个人到底是不是太郎呢，谁都无从得知。不过听说那名侍从确实有一个弟弟，二人共事一主。

（大正六年四月二十日）

图书在版编目（CIP）数据

丝女纪事 /（日）芥川龙之介著；烧野译.—北京：现代出版社，2022.7
ISBN 978-7-5143-9763-5

Ⅰ.①丝… Ⅱ.①芥… ②烧… Ⅲ.①短篇小说—小说集—日本—现代
Ⅳ.①I313.45

中国版本图书馆CIP数据核字（2022）第082182号

丝女纪事

作　　者：［日］芥川龙之介
译　　者：烧　野
责任编辑：申　晶
出版发行：现代出版社
通信地址：北京市安定门外安华里504号
邮政编码：100011
电　　话：010-64267325　64245264（兼传真）
网　　址：www.1980xd.com
印　　刷：三河市宏盛印务有限公司

开　　本：880mm×1230mm　1/32　　印　　张：6.25
版　　次：2022年7月第1版　　印　　次：2022年7月第1次印刷
字　　数：108千字
书　　号：ISBN 978-7-5143-9763-5
定　　价：49.80元

芥川龙之介・丝女纪事

あくたがわりゅうのすけ　いとじょおぼえがき

时间宝贵，我们只读好书。

诚邀关注“只读文化工作室”微信公众号

丝女纪事

[日] 芥川龙之介 | 著　只读文化工作室 | 出品

时间宝贵，我们只读好书。

和风译丛 · 芥川龙之介作品

书名：《罗生门》
作者：【日】芥川龙之介
译者：文洁若
出版时间：2022 年 1 月
装帧形式：精装
ISBN：978-7-5143-9632-4

一个世纪前的芥川龙之介于生无可恋中结束了自己的生命，一个世纪后的他享誉国际文坛。他对人性刻画至深，对时代感悟至烈，在短短三十余年的生命中留下了《罗生门》《竹林中》等传世之作，影响了一代又一代的作家，一拨又一拨的读者，给被《时代周刊》誉为“20 世纪亚洲最有影响力的人物”黑泽明导演以无尽灵感，成就了文化史上的丰碑杰作。

本书采用知名翻译家文洁若的译本，精选芥川龙之介经典代表作结集而成。

时间宝贵，我们只读好书。

和风译丛 · 芥川龙之介作品

书名：《英雄之器》
作者：【日】芥川龙之介
译者：烧野
出版时间：2021 年 11 月
装帧形式：精装
ISBN：978-7-5143-9406-1

本书收入了芥川龙之介以中国元素为背景创作的 17 篇故事，既有对历史知名典故楚汉争霸的场景复原，亦有取材晚晴末年奇人异事的独特改编，视角独特，立意深远，深刻呈现出文坛巨匠对人性的挖掘与思考。这是芥川龙之介眼中的中国，字里行间透露着一介日本文豪对汉学的热爱与推崇。

时间宝贵，我们只读好书。

和风译丛·芥川龙之介作品

书名：《素盏鸣尊》
作者：【日】芥川龙之介
译者：烧野
出版时间：2022 年 3 月
装帧形式：精装
ISBN：978-7-5143-9630-0

6 篇以古代日本故事为背景创作的小说，淋漓尽致地展现了大文豪芥川龙之介笔下的古日本——当所有人只为英雄登上神坛的那一刻欢呼时，他却为英雄走向暮年的每一步献上祝福；他将历史尘埃中沉睡的枯骨还魂，将圣人和恶人同时推上舞台——嬉笑怒骂间，他的笔触却比任何布道者都慈悲。

时间宝贵，我们只读好书。

和风译丛 · 芥川龙之介作品

书名：《丝女纪事》
作者：【日】芥川龙之介
译者：烧野
出版时间：2022 年 7 月
装帧形式：精装
ISBN：978-7-5143-9763-5

7 篇以古代日本古代传说及知名历史人物为背景创作的故事，绘制出一幅浓墨重彩的古日本精神画卷。这里有芥川龙之介的爱、恨与艺术，他平等地深爱所有人，亦平等地痛恨所有人，在厌恶与深爱交织的艺术之魂下，他徒留世人一声悠长而温柔的叹息。

时间宝贵，我们只读好书。

—和风译丛—

001 太宰治《人间失格》（平装）

002 太宰治《惜别》（平装）

003 织田作之助《夫妇善哉》（平装）

004 宫泽贤治《银河铁道之夜》（平装）

005 坂口安吾《都会中的孤岛》（平装）

006 上村松园《青眉抄》

007 太宰治《关于爱与美》

008 谷崎润一郎《黑白》

009 梶井基次郎《柠檬》

010 幸田露伴《五重塔》

011 宫泽贤治《银河铁道之夜》（精装）

012 太宰治《人间失格》（精装）

013 太宰治《惜别》（精装）

014 芥川龙之介《罗生门》

015 泉镜花《汤岛之恋》

016 夏目漱石《我是猫》

017 樋口一叶《十三夜》

018 尾崎红叶《金色夜叉》

019 坂口安吾《都会中的孤岛》（精装）

020 樋口一叶《青梅竹马》

时间宝贵，我们只读好书。

021 织田作之助《夫妇善哉》（精装）
022 太宰治《虚构的彷徨》
023 太宰治《他非昔日他》
024 小泉八云《怪谈：灵之日本》
025 小泉八云《影》
026 谷崎润一郎《盲目物语》
027 谷崎润一郎《细雪》
028 太宰治《富岳百景》
029 太宰治《东京八景》
030 太宰治《黄金风景》
031 横光利一《春天乘着马车来》
032 谷崎润一郎《少将滋干之母》
033 谷崎润一郎《猫与庄造与两个女人》
034 永井荷风《梅雨前后》
035 樋口一叶《五月雨》
036 永井荷风《地狱之花》
037 永井荷风《晴日木屐》
038 芥川龙之介《英雄之器》
039 谷崎润一郎《秘密》
040 芥川龙之介《素盏鸣尊》

只读

时间宝贵，我们只读好书。

041 式亭三马《浮世澡堂》
042 三岛由纪夫《春雪》
043 三岛由纪夫《天人五衰》
044 三岛由纪夫《潮骚》
045 三岛由纪夫《假面的告白》
046 三岛由纪夫《金阁寺》
047 芥川龙之介《丝女纪事》